음악의 신

음악의 신 7

이창연 장편소설

초판 1쇄 찍은 날 | 2017년 4월 21일
초판 1쇄 펴낸 날 | 2017년 4월 28일

지은이 | 이창연
펴낸이 | 예경원

기획 | 위시북스
편집책임 | 박우진
편집 | 이즈플러스

펴낸곳 | 예원북스
등록번호 | 제396-2012-000132호
등록일자 | 2012. 7. 25
KFN | 제1-096호

주소 | 경기도 고양시 일산동구 호수로 646-24 위너스21 II 빌딩 206A호 (우)10401
전화 | 031-819-9431 팩스 | 031-817-9432
E-mail | yewonbooks@naver.com

ISBN 979-11-6098-189-6 04810
      979-11-5845-408-1 (set)

음악의 신

이창연 장편소설

WISHBOOKS MODERN FANTASY STORY

7

CONTENTS

음악의 신

1화
약속을 지키다

정민아는 지금 상황이 꿈인지 생시인지 분간이 안 갔다.

재계약이고 뭐고 가수의 길을 포기하려는 그 순간에 강윤이 나타나다니!

"아저씨, 아저씨……."

강윤의 품은 누구보다도 따뜻했다.

데뷔 이래, 누구에게도 약한 모습을 보인 적이 없었다.

그러나 '그'를 마주한 순간 모든 감정이 폭발해 버렸다.

"녀석."

그런 정민아의 마음을 이해하는지 강윤은 차분히 그녀의 등을 다독여 주었다.

해가 지고 날이 완전히 어두워지기 시작할 즈음, 정민아는 강윤의 품을 벗어났다.

"……죄송해요. 그냥……."

정민아는 계속 흐르는 눈물을 훔치며 고개를 숙였다. 강윤은 손수건을 꺼내 그녀의 눈물을 닦아주었다.

"하여간 눈물 많은 건 변함없구나."

"……안 많은데."

부끄러움에 정민아는 작게 투덜거렸다. 강윤이 아니라면 이렇게 울 일도 없었다.

그녀가 진정되자 강윤은 함께 차에 올랐다. 미국은 한국과 달리 밤에 걷기에 안전하지 않았다.

"저희 어디 가요?"

"분위기 좋은 곳에."

"우리 데이트 하는 거예요?"

"그럴지도?"

강윤의 말에 정민아는 마음이 들떴다. 과연 강윤이 어디로 데려가줄지, 벌써부터 기대가 되었다.

차는 그리 멀리 이동하지 않았다. 강윤이 간 곳은 미국에서는 드문, 24시간 오픈하는 카페였다. MG엔터테인먼트에서 멀지 않은 곳에 위치한 분위기 좋은 장소였다.

주차장에 차를 세우고, 두 사람은 카페 한쪽에 자리를 잡았다. 은은한 조명이 두 사람을 비춰주었다.

"아직도 믿기지 않아요. 정말 이강윤 아저씨 맞죠?"

정민아는 꿈인가 싶어 자신의 팔을 꼬집어보았다. 당연히 아팠다. 괄괄하면서도 강인한 정민아에게서 이런 모습을 보니 강윤은 마음이 쓰려왔다.

"맞아. 그리고 꿈도 아니니까 그러지 마."

"네."

정민아는 민망했는지 혀를 쏙 내밀었다.

그래도 조금씩 마음이 진정되기 시작했는지 심장의 두근거림이 점차 잦아들었다. 마치 서프라이즈 이벤트를 거하게 겪은 기분이었다. 마음이 진정되자 그녀는 차분히 강윤에게 이야기를 꺼냈다.

"한국에 계신 걸로 들었어요. 회사 차리셨다 들었는데……."

"맞아. 월드엔터테인먼트라고, 작은 회사야."

"아저씨 소식 조금씩 듣고 있었어요. 김재훈이 월드엔터테인먼트로 들어간 것도 들었어요. 4년간의 공백이 컸을 텐데…… 그런 험한 일을 겪고도 다시 가요계로 돌아왔다니, 정말 대단해요."

"공백기 동안 김재훈이 열심히 연습을 해왔었거든. 그래서 큰 문제는 없었어. 난 기회만 준 것뿐이야."

김재훈의 이야기는 가수들 사이에서도 큰 화제였다. 그건 에디오스도 크게 다르지 않았다.

정민아는 강윤에게 궁금한 것들을 물어 보았다. 간간히 나오는 기사들을 접하며 월드엔터테인먼트에 대한 소식들을 듣긴 했지만 본인에게 직접 듣는 것과 느낌이 달랐다. 강윤이 해주는 회사 이야기는 무척 재미있었다. 특히 탈락 위기에서 살아난 제이 한의 이야기와 이제는 새 앨범까지 낸 김재훈의 이야기를 들으며 그녀는 눈을 빛냈다.

강윤은 눈을 반짝이는 정민아를 보며 엷게 웃었다. 그녀는 연습생 시절과 크게 달라진 것 같지 않았다. 에디오스, 그중 가장 자신을 따랐던 정민아는 그에게도 특별했다.

"……작곡도 하실 줄은 몰랐어요."

"작곡은 희윤이가 해. 난 편곡을 주로 하지. 그러고 보니 리스가 희윤이를 만났다 들었어."

"저희도 놀랐어요. 주아 선배하고 같이 만났다 들었거든요. 말 들어보니 희윤 언니는 키도 크고 미인이라던데……."

"하하하."

강윤은 동생에 대한 칭찬에 그저 웃을 뿐이었다. 동생 칭찬에 누가 기분이 나쁘겠는가.

반쯤 비운 커피잔을 내려놓으며 정민아는 말을 이어갔다.

"다이아틴에게도 곡을 주셨다 들었어요."

"맞아."

정민아는 잠시 숨을 골랐다. 커피를 한 모금 넘긴 그녀는 이야기를 계속했다.

"아저씨도 프로니까 다이아틴과 일을 하는 것도 당연해요. 하지만 섭섭했어요. 혹시나 우리를 잊어버린 건 아닐까. 못난 생각이라는 건 아는데…… 설마 라이벌에게 곡을 줄까

라는 생각도 했어요. 하지만 작곡가는 좋은 의뢰가 들어오면 당연히 잡는 게 맞는 건데, 다이아틴이라는 게 섭섭하고…… 하아. 복잡해요. 이제 우리만의 아저씨가 아니게 된 것 같고……."

강윤은 말없이 그녀의 말을 듣고만 있었다.

'설마 이 정도밖에 안 되진 않겠지?'

프로의식이 있다면 라이벌이라고 곡을 줘서는 안 된다는 편협한 수준에서 머무르면 절대 안 된다. 강윤은 정민아가 그렇지 않을 거라 생각했다. 다이아틴의 일은 잘못한 것이 절대 아니었다. 프로라면 당연히 잡아야 할 기회였다. 만약 정민아가 그렇게 짧은 생각을 하고 있다면 강윤은 크게 실망할 것 같았다.

다행히 정민아의 말은 그것이 끝이 아니었다.

"하지만, 그런 생각은 어린애나 할 법한 생각이란 걸 알아요. 다르게 생각하면 다이아틴이 곡을 달라고 할 만큼 아저씨나 희윤 언니가 유능하다는 이야기잖아요? 그 애들도 한국에서 최고라 불리는 아이돌인데 어지간한 작곡가에게 곡을 달라고 할 리가 없죠. 좋은 곡과 좋은 가수가 만난 거예요. 이런 생각을 하고 있는 내가 바보 같다는 걸 느꼈어요. 아저씨는 자기 자리에서 최선을 다한 것뿐인데 그걸 서운하다 생각하고 있었다니……."

강윤은 엷게 미소 지었다. 그의 마음은 만족감으로 가득했다. 정민아는 막 데뷔할 시절의 철없던 소녀가 아니었다. 정신적으로 성숙한, 에디오스의 리더였다.

강윤은 커피를 한 잔 더 주문하고는 말했다.

"……확실히 성장했구나."

"그래요? 아저씨한테 그런 말을 들으니 진짜 그런 것 같네. 히히."

정민아는 기분이 좋아졌는지 가볍게 어깨춤을 추었다. 마치 오랫동안 인정받지 못한 아이가 부모님에게 인정받은 듯한 기분이었다.

그녀의 표정이 확연히 밝아지자 강윤은 화제를 돌렸다.

"다른 애들은 잘 지내?"

"주연이나 에일리 말이죠? 리스도 그렇고."

강윤의 물음에 정민아는 숨을 길게 내쉬었다. 강윤은 그 한숨에서 나올 답을 짐작할 수 있었다.

"하긴, 지금 상황에서 잘 지내는 게 이상하겠지."

"솔직히 말씀드리면…… 맞아요. 잘 못 지내요."

정민아는 고개를 흔들었다. 강윤은 계속 물었다.

"연습은 잘 하고 있니?"

"그게…… 그냥 솔직하게 말씀드릴게요."

강윤에게는 차라리 솔직한 게 백배 나았다. 어설픈 말을 해봐야 통하지 않는다는 걸 정민아는 잘 알았다. 정민아는 잠시 생각하더니 에디오스에 대한 이야기들을 풀어놨다.

"주연이는 연습에 안 나온 지가 한 달이 넘었어요. 삼순이는 스트레스 때문에 인터넷 중독에 빠졌고, 에일리는 계속 먹어요. 그리고 운동을 안 해요. 리스는…… 쇼핑중독에 걸려서 돈을 막 쓰고 있고……. 그나마 한유가 자기관리를 하느라 운동을 하는데, 막상 연습은 안 나와요. 그냥 운동만……."

"후우."

강윤은 눈을 질끈 감았다. 그녀의 이야기를 들으니 MG엔터테인먼트가 이 애들을 어떻게 관리했는지 상상이 됐다. 속이 부글부글 끓어왔다.

"그래서 너만 연습하고 있었던 거야?"

"……."

긍정의 침묵이었다.

강윤은 머리가 아파온다며 잠시 자리에서 일어났다. 잘 태우지도 않는 담배가 생각났다. 그는 카페 안에 마련된 부스로 들어가 담배에 불을 붙였다.

'만나봐야 알겠지만, 쉽지 않겠어.'

흩어지는 담배 연기를 보며 강윤은 생각했다. 왜 비싼 비행기값 들이며 미국까지 왔겠는가. 에디오스를 평가하고 스카우트를 고려해 보기 위해서였다. 그런데 정민아의 말을 들어보니 일이 생각보다 쉽지 않을 것 같았다.

'일단 직접 만나 봐야 알 수 있겠지.'

눈으로 보지 않고 판단하는 건 어불성설이었다. 강윤은 모두를 만난 후 결정하기로 마음먹고 부스를 나왔다.

돌아오니 어느 새 커피잔을 비운 정민아가 멍하니 창밖을 바라보고 있었다.

"어휴, 담배 냄새."

"하하……."

정민아가 손가락으로 코를 막았다. 부스 안에서 밴 담배 냄새가 그녀의 후각을 자극했다.

그 모습에 강윤은 옛날 생각이 떠올랐다.

"처음 만났을 때 네가 나한테 불 좀 빌려달라고 했었지."

"제가 언제요?"

강윤의 입에서 과거의 흑역사가 흘러나왔다. 정민아는 거세게 손을 내저으며 부정했다. 그러나 강윤은 피식 웃으며 말을 이어갔다.

"교복 입고 당돌하게 '아저씨, 불 좀 주세요' 하던 게 아직……."

"그만, 그만!"

정민아는 결국 강윤의 입을 막고 말았다. 그 반응에 강윤은 연신 웃어댔다.

부끄러움에 얼굴이 붉어진 정민아에게 강윤은 말을 이었다.

"그래도 이제 담배 냄새가 역하다 하는 걸 보니 확실히 담배는 입에도 안 대나 보네."

"당연하죠. 가뜩이나 전 노래도 못하는데 담배까지 태우면 답이 안 나오잖아요. 저뿐 아니라 다른 애들도 담배는 입에도 안 대요."

그 말에 조금은 희망이 보였다. 연습생 시절, 강윤이 그토록 강조했던 것들 중 하나가 금연이었다. 아무리 헤이해지긴 했어도 에디오스는 그 말을 철저히 지키고 있었다. 기본은 지키고 있다는 이야기였다.

"일단 모두를 만나보고 싶어. 자리 좀 마련해 줄 수 있을까?"

"어려운 일은 아니에요. 아저씨가 불렀다면 다들 나올 거예요. 내일 괜찮으세요?"

"응. 그럼 내일 오후에 보도록 할까?"

강윤과 정민아는 약속을 정하고는 자리에서 일어섰다.

다음 날.

강윤은 정민아가 이야기해 준 에디오스의 숙소 근처에 있는 카페에서 그녀들을 기다리고 있었다.

'10분 남았나.'

잠깐 남은 시간, 강윤은 핸드폰의 인터넷을 열었다.

－김재훈 음원차트 독주, 언제까지 계속되나.

－김재훈, 음원의 황제 등극.

―김재훈 미니앨범 6집, 2주째 정상 지켜나가.

인터넷의 느린 속도가 답답하긴 했지만 김재훈에 대한 기사들을 보니 절로 입가에 미소가 지어졌다. 이 기세를 몰아 김재훈은 바쁜 스케줄을 수행하고 있을 것이다. 모든 게 잘되어가고 있었다.

그렇게 강윤이 인터넷 기사를 보며 웃고 있을 때였다. 카페의 문이 열리며 동양 여인 6명이 연달아 들어왔다. 그녀들은 여기저기를 둘러보더니 강윤이 있는 곳을 발견했다.

"저기다!"

"어디? 어?!"

여인들은 핸드폰을 만지는데 여념이 없는 강윤의 테이블로 쪼르르 달려갔다.

"팀장님!"

그리고 모두가 한목소리로 외쳤다. 강윤이 갑자기 들려온 소리에 놀라 고개를 드니 에디오스 전원이 자신을 바라보고 있었다.

"얘들아. 오랜만이다."

"안녕하세요? 에디오스입니다!"

에디오스 6명은 한목소리로 외쳤다. 강윤은 순간 멍해졌다.

"허, 이 녀석들……."

"모두가 아저씨 다시 보면 꼭 이렇게 인사하고 싶다 해서요."

정민아가 대표로 이야기했다. 인사조차 파도를 타지 않는 에디오스는 강윤을 피식 웃게 만들었다. 강윤은 모두와 손을 잡으며 해후를 나누었다.

커피와 음료, 다과를 주문한 후 정신없는 수다가 시작되었다. 모처럼 에디오스는 기분이 들떴는지 수다가 끊이질 않았다. 조용하던 서한유마저 먹던 디저트가 입 밖으로 튈 정도로 말을 많이 했다. 강윤을 모처럼 만나니 할 말이 많았다.

강윤은 에디오스의 한국에서의 이야기, 미국에서의 이야기들을 차분히 들었다. 정민아와 했던 대화와 겹치는 이야기도 있었고 그렇지 않은 이야기도 상당했다.

그렇게 한참 동안 자신들의 이야기로 회포를 푼 모두는 본격적으로 해야 할 이야기를 시작했다. 먼저 화제를 꺼낸 이는 강윤이었다.

"이런 이야기를 하면 너희가 어떻게 생각할지 모르겠어. 난 에디오스와 계약 이야기를 하고 싶어서 왔어."

강윤의 말에 에디오스 모두의 눈이 휘둥그레졌다. 그 누구에게도 이런 말을 들은 적이 없었다. MG엔터테인먼트뿐만 아니라 다른 거대 기획사, 심지어 중소 기획사들에게서도. 그런데 그 누구보다 믿고 따르던 강윤이 미국까지 와서 이야기를 꺼내다니. 그녀들은 하나같이 눈을 가늘게 떨었다.

먼저 입을 연 이는 한주연이었다.

"팀장님이 월드엔터테인먼트라는 회사의 사장님이시죠? 그 김재훈이 있는?"

"맞아."

"저희가 월드엔터테인먼트에 대한 정보가 없어요. 가수는 누구누구 있나요?"

"김재훈하고 하얀달빛이라는 밴드가 활동을 하고 있어. 연습생으로는 김지민이라는 아이가 한 명 있지. 그리고 작곡 가론 뮤즈가 활동하고 있고."

"그럼 가수는 셋이라 생각하면 되겠네요."

계약이라는 말이 나오니 한주연은 회사 규모부터 꼼꼼히 따져나갔다. 그들의 대화를 들으며 다른 멤버들도 머릿속으로 조건을 생각하기 시작했다. 강윤을 개인적으로 신뢰하는 것과 계약은 엄연히 다른 문제였다.

이어 이삼순도 물었다.

"계약 조건이 어떤 건지……. 물어봐도 될까요?"

그녀의 어조는 조금 조심스러웠다. 가장 민감한 이야기였으니 그럴 만했다. 에디오스 멤버들은 돈 문제가 나올 거란 생각에 귀를 쫑긋 세웠다.

하지만 강윤이 꺼낸 이야기는 완전히 다른 이야기였다.

"내년 여름이 가기 전에, K-POP 차트 맨 위에 너희의 이름이 있게 해줄게. 이게 내 조건이야."

"에에에에?!"

에디오스 모두가 한목소리로 외쳤다. 카페의 모두가 그녀들을 주목했지만 지금 에디오스 멤버들에겐 오직 강윤만이 보일 뿐이었다.

꼼꼼한 서한유가 물었다.

"좋은 계획이라도 있으신가요?"

"떠오르는 게 있긴 한데 다 말하긴 그래. 한 가지만 말한다면……."

강윤은 손가락으로 정민아를 가리켰다.

"민아야, 솔로로 데뷔하고 싶지 않아?"

"네? 솔로요?!"

솔로 데뷔.

강윤의 그 말이 정민아의 가슴을 요동치게 만들었다.

"솔로?"

"민아가요?"

한주연과 크리스티 안이 놀라움이 가득한 눈으로 정민아를 바라봤다. 데뷔 이후 에디오스 멤버 중 그 누구도 유닛으로 앨범을 낸 적이 없었다. 만약 유닛으로 앨범을 낸다면 자신들이 될 거라며 은근 기대하고 있었는데, 예상치도 못하게 정민아라니.

정민아도 강윤이 모든 멤버들이 다 모여 있는 곳에서 솔로 앨범 이야기를 할 줄은 상상도 못했다.

"아, 아저씨. 갑자기 솔로 앨범이라뇨?"

"왜? 싫어?"

"그게 아니라……."

싫을 리가 없었다. 하지만 강윤이 대놓고 물으니 정민아는 답을 망설였다. 다른 멤버들의 눈치를 안 볼 수가 없었다. 하지만 솔로 정민아로 무대에 오른다는 것은 또 다른 매력이 있었다.

오히려 말은 다른 곳에서 나왔다. 한주연이 말했다.

"민아가 퍼포먼스는 괜찮아도 노래가 부족해서……. 괜찮을지 걱정이네요."

하지만 강윤은 걱정 없다며 고개를 흔들었다.

"괜찮아. 가창력 같은 건 생각도 못하게 할 테니까. 민아는 아예 퍼포먼스에 집중하는 게 더 나아. 어설프게 여기저기 분산해서 좋을 게 없어. 민아 정도면 춤만으로 모두를 빠지게 할 수 있어. 노래야 편곡 잘해서 때우면 그만이야. AR로 가면 되니까."

그 말에 에디오스 멤버 전원이 놀랐다. 목소리가 함께 흘러나오는 MR을 쓰는 타 걸그룹과 달리 에디오스는 목소리가 전혀 없는 오리지널 MR을 써왔다. 그로 인해 아는 사람들은 에디오스가 실력이 있다고 인정해 왔다. 라이브를 소화하며 안무도 칼같이 맞추는 에디오스인데 노래 신경 쓸 필요 없이 AR로 무대에 오른다? 얼마나 격한 퍼포먼스가 가능할지 상상이 안됐다.

"역시……."

정민아는 감탄사를 터뜨렸다. 그는 자신에게 최적화된 앨범을 가지고 왔다. 단순히 과거의 인연만으로 어필하지 않으니 더 신뢰가 갔다.

"춤만 추는 민아라면……."

"되겠지?"

한주연과 크리스티 안도 수긍하지 않을 수 없었다. 정민아의 춤은 모두가 잘 알았다. 과장을 보탠다면 걸그룹 중 탑일 거라고, 모두가 자신 있게 말할 수 있을 정도니 말이다.

정민아에 대한 이야기가 끝나고 크리스티 안이 물었다.

"다른 멤버에 대한 솔로 계획도 있으신가요?"

"솔직히 말할게. 없어."

"아……."

크리스티 안은 강윤의 단호한 답에 실망했다. 그것은 한주연도 마찬가지였다. 혹시나 퍼포먼스 위주의 앨범이 있으니 노래도 하나 있지 않을까 하는 기대가 있었는데, 실망했다.

하지만, 강윤의 답은 그게 끝이 아니었다.

"물론 내년 중엔 없지. 하지만 만약 계획대로 돼서 에디오스가 컴백에 성공하면 너희들 유닛무대도 필요해지겠지. 사람들이 원하고 너희 실력이 받쳐 준다면 충분히 가능할 거라 생각해."

"……."

"얼핏 듣기로 너희가 무대에 대한 감을 잃고 있다 들었어. 그 감을 찾는데도 꽤 시간이 들 거라 생각해. 여럿이 무대에 서는 것과 혼자 무대에 서는 건 완전히 다른 거야. 지금 당장은 민아밖에 보이지 않아."

갑자기 날아온 돌직구에 모두가 입을 다물었다. 누구도 그의 말을 부정하지 못했다. 강윤은 미래도 주었지만 현재의 문제점도 함께 지적했다. 모두가 찔렸는지 고개를 떨궜다. 실의에 빠져 나태하게 보냈던 시간들이 후회가 되며 마음이 쓰려왔다.

강윤은 그 마음을 알았는지 부드럽게 말을 이어갔다.

"주연이나 리스는 보컬 트레이닝부터 다시 시작하는 게 어떨까 해. 에일리는 삼순이하고 몸 관리를 하면서 예능이나 라디오에 얼굴을 비치는 게 좋겠어. 한유는 팝핀을 배워보는 게 어떨까 싶어."

누구도 제시하지 않았던 구체적인 미래를 강윤이 들고 왔다. 모두가 어둠 속에서 빛을 본 기분이었다. 모두가 멍하니 고개를 끄덕였다.

하지만 계약은 신중해야 했다. 이삼순이 조심스럽게 물었다.

"월드엔터테인먼트에 대해 많은 걸 알지는 못하지만……. 몇 가지만 물어볼게요. MG만큼 지원은 힘들겠죠?"

"솔직히 자금 면에서 MG를 따라갈 수가 없지. 지금처럼 퍼스트 클래스 말고 이코노미에 탈 수도 있을 거야. 우린 MG에 비하면 확실히 작은 회사니까."

강윤은 솔직히 이야기했다. 한국에서 MG엔터테인먼트만큼 지원을 해 줄 수 있는 회사가 몇이나 되겠는가. 자금은 확실히 MG엔터테인먼트가 나았다.

에일리 정이 말했다.

"정리해 보면, 계약금에 한국에서의 컴백. 그리고 개인별 솔로 앨범까지. 팀장님의 조건은 이거네요?"

"맞아."

에디오스에게 필요하다고 생각하는 건 다 제시했다. 이제 남은 건 그녀들의 결정이었다.

솔로 앨범 이야기를 들은 정민아는 누구보다 먼저 답을 하고 싶었지만 한발 물러났다. 가장 좋은 조건을 들은 그녀가 먼저 나서면 혹시 불화가 생기지 않을까 라는 염려 때문이었다.

가장 먼저 나선 이는 서한유였다.

"좀 더 이야기를 해봐야겠지만, 이 정도 조건이면 전 괜찮아요."

"한유야."

한주연이 놀라 서한유를 바라봤다. 그러나 서한유는 단호했다.

"우리가 가장 걱정했던 게 미래잖아요. 팀장님은 그걸 해결해 주겠다고 했어요. 퍼스트 클래스? 그런 건 우리 돈으로 타도 충분해요. 나중에 회사가 커지면 팀장님이 당연히 해주지 않겠어요? 삼순 언니, 요즘은 아이돌이 사옥을 올린다고 했죠?"

"맞아. 지난번에 커뮤니티 들어갔더니 플레이스라는 애들이 사옥 올렸다고 인증하더라."

이삼순의 답에 서한유는 힘을 받았는지 강한 어조로 답했다.

"팀장님이 우리 에디오스를 기획한다면 사옥 10개 짓는 건 일도 아닐 거예요. 전 월드로 가겠어요."

막내의 돌출행동에 언니들의 눈이 휘둥그레졌다. 원래 신중한 막내였기에 놀라움은 더했다. 그러나 서한유는 이미 생각이 정해졌는지 눈빛이 흔들리지 않았다.

'쟤가 저렇게 함부로 움직일 애가 아닌데.'

'한유가 저런 면이 있었어?'

한주연과 크리스티 안이 놀라움에 소곤거렸다. 에일리 정과 이삼순도 조근조근 이야기하며 어떻게 해야 하는지 의견을 교환했다.

강윤이 서한유에게 말했다.

"좋게 생각해 줘서 고마워. 너희 계약이 만료되는 그날, 데리러올게."

"네."

"계약금 등의 자세한 내용은 나중에 보내줄게. 더 필요한 거 있으면 말하고."

강윤도 서한유가 이렇게까지 적극적으로 나올 줄은 생각하지 못했다. 먼저 나서주니 고마웠다.

강윤은 서한유를 바라보며 말했다.

"운동을 하고 있다고 들었어."

"네. 매일 공원을 돌고 있어요. 헬스장도 다니고."

"그래? 알았어. 당분간 몸을 만든다는 생각은 안 해도 괜찮아. 식단 조절까지는 안 해도 돼. 하지만 체력을 키웠으면 좋겠어. 식사는 규칙적으로 하고, 운동은 꾸준히 해줘. 노래와 춤은 매일 연습해 두고. 알았지?"

"네."

서한유는 고개를 끄덕였다. 강윤은 필요하면 연습과제들을 보내주겠다고 했고, 서한유는 노래해야 할 과제들을 부탁했다. 강윤은 며칠 내로 짜서 자료들과 함께 메일로 보내주겠다 말했다.

일이 일사천리로 진행되는데 부러움을 느낀 에일리 정이 손을 들고 물었다.

"저기요, 팀장님. 만약 한유만 계약하고 우리가 흩어지면 어떻게 되는 건가요?"

"야!"

"야!"

한주연과 크리스티 안, 정민아까지 일제히 에일리 정을 제지했다. 그러나 강윤은 괜찮다며 손을 들고는 답했다. 일어나서는 안 되지만 있을 법한 이야기였다.

"난 에디오스 전원을 원하지만 그렇게 되지 않더라도 감수해야지. 개인의 의사잖아. 그렇게 된다면 와준 아이들만으로 앨범을 내야지. 만약 한유만 온다면 한유만으로 앨범을 낼 거야. 날 믿고 와준 가수를 실망시킬 수는 없잖아?"

강윤의 답은 명확했다. 가수의 믿음에 보답한다. 결국 무슨 수를 써서라도 무대에 올리겠다는 이야기였다. 그의 말에서 책임과 무게가 느껴졌다.

강윤은 마지막으로 쐐기를 박았다.

"처음에 끝까지 함께 가자고 했었잖아. 난 말한 거는 반드시 지켜."

그의 말이 모두의 마음을 진하게 울렸다. 데뷔도 하기 전의 이야기를 그는 아직도 기억하고 있었다.

"지금 상황이 좋지 않아도 난 너희가 가능성이 있다는 걸 잘 알아. 할 수 있어. 다시 시작해 보자."

모두에게서 침묵이 흘렀다. 이제 다 끝이라며 한없이 게을러졌던 자신들에게 강윤은 가장 필요한 것을 들고 찾아왔다. 부끄러웠다. 그리고 모든 게 꿈만 같았다.

가장 먼저, 한주연이 침묵을 깼다.

"저, 계약할게요."

뒤이어 이삼순과 크리스티 안도 말했다.

"저도요."

"저도."

에일리까지 모두가 강윤에게 계약을 하겠다 말하니 마지막으로 정민아만이 남았다. 그제야 그녀는 편안한 마음으로 본심을 이야기했다.

"저도 계약하겠습니다."

정민아의 말을 듣고 강윤은 모두에게 손을 내밀었다. 에디오스 모두가 그의 손을 맞잡았다.

"앞으로 잘 부탁해."

"네!"

카페 안에서 그녀들의 힘찬 대답이 울려 퍼졌다.

강윤은 그렇게 에디오스와 구두로 계약을 한 후, 한국으로 돌아갔다.

김지민은 발성에만 집중했던 과거와 달리 다양한 트레이닝을 받기 시작했다.

필수로 떠오른 예능에 영어, 중국어에 이르기까지. 월드엔터테인먼트는 그녀에게 거대 소속사 못지않은 투자를 했고,

그녀는 그에 따른 결과들을 보이고 있었다.

"에효, 공주님이야, 공주님."

김지민에 대한 예산을 결제하며 이현지는 작게 투덜거렸다. 설마 강윤이 보컬 트레이닝 이상으로 많은 걸 투자할 줄은 몰랐다. 작은 소속사에서 한 연습생에게 투자하는 비용이 너무 과했다. 실패에 대한 두려움도 없는 건지, 강윤이 가수를 보는 눈이 좋다는 건 잘 알았지만 이런 과감성은 이현지의 마음을 쫄깃하게 만들었다.

같은 시각.

정혜진은 영수증을 받기 위해 조심스럽게 스튜디오의 문을 열었다.

"어느새 그친~ 빗줄기 사이로~~"

"성대를 좀 더 내리고."

"어느새 그친~"

김지민과 최찬양 교수는 한창 연습 중이었다.

정혜진이 온 걸 몰랐는지 두 사람은 계속 연습에 몰두했다. 정혜진은 인기척을 냈지만 두 사람의 몰입을 깨지는 못했다.

결국, 노래가 끝나 잠시 텀이 생겼을 때 크게 말했다.

"지민아."

"어? 혜진 언니?"

김지민은 그제야 정혜진을 돌아보았다. 최찬양 교수도 가볍게 고개 숙여 인사를 건넸다. 정혜진도 답을 하곤 김지민 쪽으로 눈을 돌렸다.

"지민아. 지난주 영수증 받으러 왔어."

"아, 맞다. 죄송해요. 잠시만요."

원래 어제 줬어야 하는 것들이었다. 김지민은 사과하고 영수증을 가지러 소파로 갔다. 가방에서 영수증을 꺼내 오는데, 최찬양 교수와 정혜진의 분위기가 묘했다.

'뭐지?'

김지민은 고개를 갸웃했다. 활기가 넘치는 것 같더니 자신이 오니 갑자기 고요해졌다.

"여기요."

"고마워. 그럼 교수님, 저 이만 가볼게요."

"네. 나중에 봬요."

정혜진이 나가고 김지민이 물었다.

"선생님. 혜진 언니랑 무슨 이야기를 하셨어요?"

"응? 별 이야기 안 했어."

"흐음. 이상하네."

김지민은 고개를 갸웃했다.

그 이후 다시 타이트한 연습이 시작되었다. 보컬 트레이닝과 음악 이론 수업 등 다양한 공부를 하며 김지민은 가수에게 필요한 것들을 갖춰나갔다.

강윤은 3일 만에 미국에서 돌아왔다. 짧은 일정이었다. 희윤과 에디오스만 만나는 타이트한 일정을 소화하고 바로 회사로 출근했다.

복귀 후, 첫 아침회의에서 강윤은 이현지에게 미국에서 진행된 이야기를 해주었다.

"······결국 에디오스와 계약을 하기로 했군요."

이현지는 이렇게 될 줄 알았다며 바로 순응했다. 그러나 곧 걱정되는 바를 이야기했다.

"앞으로 여러 가지 과제들을 해결해야 할 겁니다. 상표권에 대한 문제로 시비를 걸어올 수 있습니다."

이현지의 걱정스러운 표정에 강윤은 차분히 야기했다.

"에디오스라는 이름은 그 아이들의 이름을 포함하고 있습니다. 성명권이라 하죠. 소속사를 옮긴다 해도 그 이름을 사용하는 데 문제가 없습니다. 결국 에디오스 6명에게 그 이름을 쓸 권리가 있다는 말이니까요. MG엔터테인먼트에서 이 이름을 쓴다고 함부로 권리를 주장할 수는 없습니다."

"처음 에디오스와 계약할 때 성명권을 MG에 양도하거나 하진 않았나요?"

"물론입니다. 애초에 양도도 불가능하고 말이죠. 결국 에디오스라는 이름은 그 아이들만이 쓸 수 있습니다. 하지만 6

명이 모두 그 이름을 주장할 수 있기 때문에 에디오스가 찢어져 누구 하나가 에디오스라는 이름을 못 쓰게 한다면 문제가 생기죠. 하지만 모두가 계약 의사를 밝혔으니 문제가 없을 겁니다."

이현지는 강윤의 말에 고개를 끄덕였다. 법적인 문제는 언제 들어도 어려웠다.

이제 가장 중요한 문제, 상표권이 남았다. 강윤은 이것도 문제가 없다며 말을 이었다.

"만약 MG엔터테인먼트에서 에디오스라는 이름으로 상표권을 등록한다 해도 크게 문제가 되진 않습니다. 이 권리는 성질상 양도도 불가능합니다. 보통 위임을 하는데 기간을 정해놓고 하죠. 계약기간과 동일할 겁니다."

"그룹명 사용은 문제가 없겠군요. 그렇다면 마지막, 퍼블리시티권은 어떻게 되죠?"

마지막 문제가 남아 있었다. 퍼블리시티권은 에디오스와 관련된 성명이나 예명이 상업적으로 사용되는 걸 통제할 수 있는 중요한 권리였다. 이 권리가 없다면 활동을 한다 해도 통제를 당할 위험이 있었다.

강윤은 단호하게 말했다.

"이 권리는 자연인, 즉 사람에게만 인정되는 권리죠. 소속사는 법인입니다. 기획사가 무단으로 경제적인 이익을 취하는 게 허용될 리가 없죠. 예외로 그룹 명칭에 대한 권리를 멤버 여럿이 공동으로 소유할 수 있다 들었습니다."

"결국 문제는 없다는 말이군요. 언제 변호사라도 만나고
오셨나요? 빠삭하네요."

이현지는 진심으로 감탄했다. 법적인 문제까지, 강윤은 깔
끔하게 준비를 하고 있었다. 설사 MG엔터테인먼트가 시비
를 걸더라도 불리할 게 없었다.

하지만 걱정되는 구석은 있었다.

"어차피 질 걸 알고도 MG가 소송으로 끌고 가면 어떡하
죠? 우린 그 소송을 감당하기에는 우리 규모가 너무 작은데
말이죠. 소송비용이 만만치 않을 겁니다."

"그들도 그렇게까지 멍청하진 않을 겁니다. 지금까지 하
는 행동을 봐선 MG에서는 에디오스와 재계약을 할 생각이
없는 게 확실합니다. 재계약을 하려면 제가 갔던 시기에 이
미 뭔가 말이 나왔어야 할 겁니다."

"그렇긴 하지만, 그들이 죽자고 덤비진 않을까 그게 걱정
이에요."

"의사도 없었는데 억지로 소송을 걸지는 않을 겁니다. 잘
못하면 재계약에 실패한 연예인의 앞길을 막았다는 역풍을
맞을 수도 있으니까요. 요새 불안 불안한 MG가 그런 무리수
를 둘 이유는 없을 겁니다."

"알겠어요. 그럼 제가 뭘 하면 되죠?"

이현지는 의욕이 넘쳤다.

에디오스를 받아들이는 것. 쉽지 않을 거란 걸 이미 예상했다. 하지만 이미 결정되었다면 최선을 다할 생각이었다.

강윤은 그녀에게 서류를 건넸다. 이현지는 잠시 그것을 훑어보더니 눈이 휘둥그레졌다.

"자, 잠깐만요. 루나스 사무실을 여, 연습실로요?!"

강윤이 준 서류는 루나스 사무실을 개조해 댄스 연습실로 만든다는 예산청구안이었다. 그 예산청구안을 보며 이현지는 기겁했다.

"루나스 사무실을 만든 지 얼마 되지도 않았어요. 아무리 에디오스에게 필요한 공간이라지만, 사무실을 개조하면서까지 연습실을 마련하다니, 과하지 않을까요?"

이현지는 고개를 저었다. 아직 공연장을 관리하는 관리인 외에 사무실에 상주하는 직원이 없기는 했다. 하지만 앞으로 일이 늘어난다면 꼭 필요한 공간이었다. 그런데 개조를 하겠다니. 그렇다면 손님은 어디서 맞겠다는 말인가?

그러나 강윤은 괜찮다는 입장이었다.

"3층을 연습실로 쓰고, 4층에 업무를 통합하면 됩니다."

"그래도 업무상 분리를 시켜놓은 건데……."

"중요도를 생각하면 연습실을 꾸미는 게 낫죠. 그리고 지하 창고도 개조했으면 합니다. 보컬 트레이닝을 할 수 있도록요."

"아아……."

이현지는 머리를 붙잡았다. 에디오스와의 계약에 쓸 계약금에, 연습실 개조까지. 흰머리가 늘어가는 소리가 들려왔다.

그러나 강윤의 말은 틀린 구석이 없었다. 에디오스뿐만 아니라 나중에라도 댄스가수를 육성하기 위해선 춤을 위한 공간은 꼭 필요했다. 거기에 보컬 연습을 할 수 있는 방까지 마련되면 가수들의 편의도 늘어난다. 다만, 준비하는 데 돈이 들 뿐!

"재훈 씨가 벌어온 돈이 눈 녹듯 사라지네요……."

"머잖아 에디오스가 더 많은 돈을 벌어다 줄 겁니다."

강윤의 자신감 어린 말에 이현지는 힘없이 고개를 떨궜다. 강윤이 말한 대로 되리라는 걸 알고는 있었지만, 당장 부족한 돈을 굴리는 것은 아주 힘든 일이었다.

그녀의 고충을 아는지 모르는지, 아침 회의를 마친 강윤은 자리에 앉아 밀린 일들을 시작했다.

'재훈이 스케줄이 지방으로 쏠리는군. 조절해야겠어.'

앨범이 잘되고 있는 김재훈은 전국 방방곡곡을 누비고 있었다. 수도권뿐만 아니라 지방 대도시에서도 김재훈의 스케줄은 빽빽했다. 강윤은 그가 가급적 피로하지 않도록 스케줄 조절에 신경을 썼다.

하얀달빛의 경우 정기공연에 오는 관객들이 늘어나고 있었다. 여름에 록 페스티벌에서 보였던 강렬한 임펙트를 지금도 잘 유지하며 흥행하고 있었다. 게다가 매주 새로운 공연을 선보이기 위해 최선을 다하니 그들은 어느새 루나스의 터줏대감이 되어 있었다.

'잘하면 메이저 데뷔 시기를 더 당길 수 있을 것도 같네. 조만간 넣을만한 공중파 방송을 한번 알아보자.'

이어 강윤은 김지민에 대한 것들을 검토했다. 김지민이 데뷔를 위한 종합 트레이닝에 들어간 상태라 예산 소모가 엄청났다. 이사 서명란에 기록된 이현지의 사인이 흔들린 게 그것을 증명했다.

'10년 이상은 버틸 재목이야. 과감하게 투자해야 해.'

김지민이 앞으로 지금 투자비용의 몇십 배, 몇백 배를 벌어다 줄 거라 확신하며, 강윤은 투자를 아끼지 않았다.

가수들에 대한 검토가 끝나니 루나스에 대한 업무가 남았다.

'10월 예약은 조금 준다 싶었더니 11월에는 늘었군. 그런데 12월은 또 줄어드네. 뭐지?'

강윤은 고개를 갸웃했다. 계약 건수가 들쑥날쑥했다. 아직 오래되지 않아 일관된 데이터가 나오지 않는 건지. 알 수 없는 일이었다.

함께 첨부된 보고서에는 공연장에 관련된 갖가지 소식에 대한 것들도 있었다. 다른 공연장들이 루나스에 대한 안 좋은 소문을 퍼뜨린다든지, 루나스에 예약하는 밴드들에게 갖가지 핑계를 들어 공연장을 대여해 주지 않는다는 등의 내용도 있었다.

'대책이 효과가 있었나?'

강윤은 보고서 뒷장을 넘겼다. 루나스는 공연장들의 횡포에 피해를 본 밴드에게 루나스가 비어 있는 시간을 더 할당해 주었다. 싸고 좋은 시설을 더 이용할 수 있으니 밴드들의 반응은 뜨거웠다.

이와 같은 일들로 루나스에 대한 사람들의 반응은 매우 좋았다. 애초에 루나스로 금전적인 이익을 볼 생각은 없었다. 사람들의 호감을 사니 루나스의 터줏대감인 하얀달빛과 주인인 월드엔터테인먼트의 이름도 더 알려지고 있었다.

'돈도 중요하지만, 인지도를 얻는 게 더 중요할 때지.'

강윤은 보고서를 보며 만족하고는 뒷장을 넘겼다. 거기에는 각 공연장이 가격을 내리기 시작했다는 내용이 있었다. 12월 계약이 줄어든 이유이기도 했다.

'좋은 일이네.'

이익이 줄어들기는 했지만, 중요한 목표를 달성해가고 있으니 기분이 좋아졌다. 보고서를 보며 강윤은 씨익 미소 지었다.

"야야! 들었어? 데라스 가격 내린 거?"

"거기도 내렸어? 이번에 그린라이트도 가격 확 내렸던데?

홍대 카페.

인디밴드 사이에서는 갑자기 확 내린 공연장 대여료가 큰 화제였다. 루나스보다 더 낮아진 가격에 모두가 만세를 부르고 있었다.

잼배를 한 곳에 치우며 남자가 말했다.

"다들 루나스를 상대하려고 칼을 갈았나 봐."

"루나스가 그렇게 좋아?"

다른 남자가 물었다. 그는 기타를 든 이였다.

"당연하지. 소리가 아주 그냥……. 짱짱하니 최고야. 조명은 말할 것도 없고. 외관은 허름한데 내부는…… 가서 들어봐야 해. 말이 필요 없어."

"그렇게 좋단 말이야? 그런데 대여료도 싸고?"

"맞아. 그런데 이젠 루나스가 더 비싸졌네? 원래 이랬어야지. 괜히 시설도 나쁜 곳이 더 비싸면 이상하잖아?"

잼배의 남자와 기타를 든 남자의 대화를 들으며 다른 이들도 모두 동감했다.

"자자! 기쁜 마음으로 잼이나 한번 해볼까?"

잼배를 든 남자의 말에 카페에 있는 모두가 각자의 악기를 꺼내 들었다.

그렇게 카페는 음악의 향연에 빠져들었다.

"그래요? 루나스와 계약하는 이들이 줄어들고 있다?"

강시명 사장은 비서의 보고를 들으며 만족하곤 다음 질문을 했다.

"우리 예산은 얼마나 나갔지요?"

"데라스, 그린라이트의 12월 예약이 가득 찼습니다. 거기에 라이브스타트에 스팟홀까지 지원해야 해서 적지 않은 예산이 소모되었습니다. 여기…….'"

비서는 조심스럽게 예산지원명세서를 내밀었다. 강시명 사장은 서류를 보더니 손을 부르르 떨었다.

"허, 잠깐. 뭐 이리 비싸?"

"어쩔 수 없었습니다. 공연장 대여료가 워낙 비싼 탓에…….'"

"그래도 이건 너무하네요. 얼마나 폭리를 취하길래…….'"

강시명 사장은 어이가 없었다. 금토일, 3일간 공연하는 대여료가 나오면 얼마나 나오겠어 라는 생각에 비서에게 처리하라는 식으로 보고서를 던져줬다. 그런데 공연장주들의 폭리에 어처구니없는 예산이 빠져나가고 말았다. 게다가 한 곳도 아니고 여러 공연장에 지원금을 뿌리는 입장이니…….

"이거 언제까지 해야 한다 했지요?"

"그게, 3개월입니다."

"확실히 3개월이면 루나스 문을 닫게 할 수 있는 건가요?"

"그게……."

비서는 우물쭈물하다 루나스에 대해 이야기했다. 대체 루나스는 땅을 파서 장사를 하는 건지, 적자운영도 마다치 않는 듯했다. 루나스 정도의 시설이라면 운영비가 만만치 않을 터. 그런데 그런 운영비의 압박도 없는지 그들은 큰 변화가 없었다.

더 웃기는 사실은 루나스는 홍보도 거의 하지 않았다. 그러나 소문을 탔는지 인디밴드들이 알아서 계약하고 있었다. 가격전쟁에 12월의 계약이 줄어들긴 했지만 다음부터는 그도 자신할 수 없었다.

강시명 사장은 긴 한숨을 쉬었다.

"적자운영이라. 회사 수익에서 돈을 끌어와 운영하는 모양이군요. 후, 얼마나 가는지 보면 알겠지요. 일단 하기로 했으니 한번 해봅시다. 대신……."

강시명 사장은 눈에 힘을 주었다.

"좋은 결과를 바랍니다."

"네!"

비서는 잔뜩 기합이 들어 사장실이 떠나가도록 외쳤다.

이른 첫눈이 내리는 날이었다. 평소보다 빠르게 다가온 추

위에 사람들은 넣어두었던 겨울옷을 꺼냈고, 목도리를 둘렀다.

서로 온기를 나누는 연인들을 스쳐 지나가며 강윤은 거리를 바삐 걷고 있었다.

"으, 추워."

강윤은 롱코트의 옷깃을 단단히 여미고 한 고급 찻집으로 들어갔다. 특정 마니아들만이 드나드는 값비싼 찻집이었다.

직원의 안내를 받아 준비된 룸으로 들어가니 오랜만에 만나는 이한서 이사가 그를 반겨주었다.

"이 이사님."

"강윤 팀장. 아, 이젠 사장님이군요. 반갑습니다."

이한서 이사는 얼굴에 화색을 띠며 강윤의 손을 맞잡았다. 그는 팀장이라 부르려는 옛 습관을 교정하며 반가움을 표했다.

"이 사장은 변한 게 없군요. 그대로입니다."

"이사님이야말로 그대로시네요."

"이젠 나이가 들었죠. 차 구하러 나가기도 힘에 부칩니다."

인사를 마치고 두 사람은 자리를 잡고 앉았다. 근황 이야기를 하다 보니 주문한 차가 나왔다. 이한서 이사는 강윤에게 차를 따라주며 말했다.

"더 좋은 차를 대접해야 하는데, 이런 차밖에 대접을 못하네요."

"아닙니다. 향이 아주 좋은걸요."

달달한 과일 향과 꽃향기가 은은히 섞여 있는 게 강윤의 후각을 자극했다.

이한서 이사는 기품 있게 자신의 찻잔에도 차를 따르고는 말을 이었다.

"이 사장에게는 더 좋은 차를 대접하고 싶었는데……. 아쉽네요."

"아닙니다. 정말 괜찮습니다."

"미국에 다녀온 이야기, 민아에게 들었습니다."

본론이 나왔다. 강윤은 꽃향기가 도는 찻잔을 내려놓고 이야기에 집중했다.

"다들 얼굴이 수척해졌더군요."

"제가 모자란 탓입니다."

강윤이라면 그런 말을 할 만했다. 강윤도 그가 최선을 다했다는 걸 알았기에 더 말을 하진 않았다. 하지만 이사들에 대한 이야기는 안 나올 수가 없었다.

"에디오스의 미국행은 생각할수록 이해가 가질 않습니다. 가까이 일본도 있고, 무리한다면 중국도 있습니다. 그런데 갑자기 미국이라니. 원진문 회장님도 미국 시장과 문화에 대한 이해가 있기 전까지는 미국에 눈독 들이지 말라고 이야기하지 않았나요?"

"그렇죠. 하지만 회장님이 와병으로 자리를 비우고 그 말들은 다 잊혔습니다. 그 후, 이현지 사장님이 밀려났죠. 지금은 원진문 회장님의 아들분이 회장님을 대리하고 있습니다. 인격적으로는 괜찮은 분입니다. 그런데 그분이 기계공학을 전공한 분입니다. 엔터테인먼트 사업에 완전히 문외한이셨죠. 원 회장님이 아드님에게 영향력을 주는 데는 한계가 있었습니다. 결국, 이사들에게 힘이 쏠리게 됐죠. 문제는 거기서 시작됐습니다."

이한서 이사는 한숨을 내쉬었다.

몇몇 이사들이 뭉쳐 에디오스의 미국 진출 프로젝트를 주도했다. 이한서 이사는 결사적으로 반대했지만, 이사들이 점점 힘을 모아 압박을 하는 통에 결국 에디오스는 미국으로 넘어가게 되었다. 담당 이사의 권한조차 침해하는 완벽한 무리수였다.

그 생각을 하면 그는 지금도 밤에 잠을 이루지 못했다. 미안해서였다.

강윤은 차를 한 모금 넘기며 말했다.

"……주아가 일본에 터를 잘 닦아 놨건만."

"첫 성공이라는 타이틀이 중요했습니다. 일본 진출은 이 사장이 MG에 있을 때 이루어졌었죠. 당시 주아가 미국 진출에 실패했던 시기였습니다. 에디오스가 미국에서 성공할 수만 있다면 회사에서 누구도 함부로 할 수 없는 힘을 가질 수 있었을 테니까요."

"중국도 있잖습니까."

"당시 중국은 민진서가 가 있었습니다. 결국, 남는 건 미국이었습니다."

"아, 진서가……."

그놈의 최초라는 타이틀이 뭐가 중요하다고. 대체 권력이라는 게 뭔지. 생각할수록 기가 차 웃음만 나올 뿐이었다.

민진서의 이름이 나오니 강윤은 그녀의 일이 궁금해졌다.

"진서는 어떻게 지냅니까?"

"진서는……. 후, 대단합니다. 지금 영화 촬영 중인데 이게 중국에서 가장 유명한 감독과 촬영하는 거랍니다. 당연히 주인공이죠. 이사들 그 누구도 진서에게 함부로 하지 못합니다. 이사들 사이에선 이렇게 불립니다. 걸어 다니는 폭탄."

"진서가 그럴 성격이 아닌데……."

강윤은 고개를 갸웃했다. 진서에게 폭탄이라는 수식어가 붙다니. 이해가 가질 않았다.

'당신 때문이야.'

차마 이한서 이사는 그 이야기를 하지 못했다. 대신 그는 헛기침하며 에디오스에 대한 이야기로 다시 화제를 돌렸다.

결국 이사들의 무리한 추진으로 에디오스는 미국에 진출했다. 하지만 한국시장도 잃고 미국 흥행에도 실패하는 참담한 결과를 낳았다. 그렇다면 재계약이라도 해서 망가진 미래에 대한 책임을 져야 하지 않을까? 강윤은 그렇게 생각했다.

"MG는 에디오스와 재계약을 할 생각이 있습니까?"

강윤이 직접적으로 묻자 이한서 이사는 고개를 흔들었다.

"아니요. 회사는 재계약에 들일 비용으로 새로 데뷔할 아이돌에 투자할 생각입니다. 지금 에디오스와 재계약을 한다해도 남은 수명은 2년 정도로 본 겁니다. 차라리 새 아이돌을 데뷔시키는 게 더 이득이라는 계산이었죠."

"역시. 에디오스의 관리도 하지 않는 모습을 보며 짐작하기는 했습니다. 그래도 직접 들으니 입맛이 쓰군요."

"저도 마음이 쓰린데, 이 사장은 오죽할까요. 이해합니다."

이한서 이사는 내부 이야기를 술술 털어놓았다. 오히려 강윤이 이렇게 회사 사정을 털어놔도 되는지 걱정되어 물을 정도였다. 그러나 이한서 이사는 괜찮다며 힘없이 웃었다.

"에디오스가 나가면 저도 회사를 나올 생각입니다. 지금과 같이 경영을 하면 MG는 확실히 망합니다. 회사 주가가 내려가기 전에 가지고 있는 지분 팔아서 찻집이나 차릴 생각입니다. 그동안 어울리지 않는 곳에 계속 있었더니 차가 생각나네요."

이한서 이사는 지쳐 보였다. 강윤은 이현지에게서 그가 에디오스를 위해 누구보다 열심히 뛰어왔다는 이야기를 들어서 잘 알았다. 그나마 더 망가질 뻔한 에디오스가 그나마 버틸 수 있었던 건 그의 공이었다.

"찻집이라, 어울리실 것 같습니다. 에디오스 애들 데리고 자주 놀러 가야겠습니다."

"나중에 연락드리지요. 하하하."

허탈한 웃음소리가 룸 안을 울렸다. 이한서 이사는 울적해 보였다. 강윤은 그가 얼마나 에디오스를 애지중지했는지를 느낄 수 있었다.

어느새 강윤의 찻잔이 비었다. 이한서 이사는 강윤의 찻잔을 다시 채워주었다. 향긋하면서 부드러운 차 향이 다시 코끝을 간질였다.

"정말 차 향이 좋네요."

"은은하면서 달달한 향이 좋지 않습니까?"

"네."

이한서 이사가 차를 따르는 모습에는 남다른 기품이 배어 있었다. 팔의 움직임, 주전자를 잡는 손놀림 하나하나에 강윤은 감탄했다.

그때, 이한서 이사가 엷은 미소를 지으며 말했다.

"에디오스를 잘 부탁합니다."

작게 들려온 그 말에 강윤은 순간 가슴이 먹먹해졌다.

"이사님."

"제가 무능해서 그 애들에게 노래하기 좋은 환경을 제공해 주지 못했습니다. 결국, 엉망인 상태로 강윤 씨에게 그 아이들의 미래를 맡기는군요. 미안합니다."

"……."

처연한 그 말이 강윤에겐 아프게 다가왔다. 감은 눈이 파르르 떨렸다.

가라앉은 분위기를 돌리기 위해, 이한서 이사는 다시 부드럽게 웃었다.

"말은 바로 그만두겠다 했지만, 당장 이사직에서 물러나지는 못할 겁니다. 아무리 병풍이었다 해도 이사는 이사니까요. 인수인계도 해줘야 하고, 지분 문제도 해결해야 하니까요."

"퇴직의 꿈을 이루기도 쉽지만은 않군요."

"그러게 말입니다. 얼마나 여기 있을지 모르지만, 있는 동안 재미있는 이야기들이 나오면 사장님께 알려드리지요."

강윤은 귀를 의심했다. 잘못하면 스파이 소리를 들을 수도 있는 말이었다. 이한서 이사는 강윤이 걱정스레 바라보는 눈을 마주하며 말을 이어갔다.

"에디오스에게 도움이 되는 일을 해주고 싶습니다. 이 사장을 도우면 에디오스에게 어떻게든 도움이 되겠지요. 내가 지금 할 수 있는 건 이 정도네요."

"이사님."

강윤은 뭐라 할 말이 없었다. 에디오스를 아꼈던 그의 마음이 진하게 느껴졌다.

"차라리 저희 회사로 오시는 게 어떻습니까?"

"나같이 무능한 인사를 어디에 쓰려 그러십니까? 나중에 찻집 열면 에디오스 애들이나 데리고 와주세요."

이한서 이사의 거절에도 강윤은 포기하지 않고 몇 번이나 권유했다. 계속 커지는 회사에 이한서 이사 같은 마음을 가진 사람이 꼭 필요하다며 세세한 이유까지 이야기했다.

"……생각해 봐야겠네요."

"긍정적으로 고려해 주세요."

결국, 거듭된 권유에 이한서 이사는 생각해 보겠다고 답했다. 계속 규모를 키워가는 월드엔터테인먼트에 호기심이 없다면 거짓말이었다. 찻집도 좋지만, 그곳에서 새롭게 일을 해보는 것도 나쁘지 않을 것 같았다. 하지만 근 몇 년간 쌓인 패배의식이 그의 발목을 잡았다.

강윤은 이한서 같은 사람이 곁에 있으면 모두에게 따뜻한 휴식처가 되어줄 것 같았다. 그가 좋은 방향으로 생각해 줬으면 했다.

두 사람의 만남은 그렇게 여운을 남기며 흘러가고 있었다.

2화
모두를 위한 크리스마스

MG엔터테인먼트의 정기 이사회의가 열리는 날이었다.

모든 이사들이 한자리에 모였다. 연말이 겹쳐 그동안 처리하지 못한 안건들이 빠르게 처리되었다. 또한 남은 예산과 낭비된 예산에 관한 책임공방이 오가며 시간이 매우 길어졌다. 그중에는 에디오스에 관한 이야기도 있었다.

"에디오스와의 재계약 날짜가 지나 버렸군요."

정현태 이사가 서류를 보며 무심히 말했다. 그러나 이미 다른 안건들에 비해 말에 힘이 빠졌다. 이젠 남의 일이라는 듯 다른 이사들도 크게 말이 없었다.

김진호 이사가 답했다.

"재계약은 없는 거지요. 이미 그 예산을 다른 곳으로 돌리자고 의견을 모으지 않았습니까."

"그랬죠. 그 애들 데뷔가 내년 여름이었나요?"

정현태 이사는 서류의 뒷장을 넘겼다. 거기에는 신인 걸그룹 프로젝트에 대한 내용들이 기록되어 있었다. 그는 내용들을 읽어나갔다.

"2012년 여름 데뷔하는 5인조 걸그룹이라. 느낌이 좋아요. 준비는 잘돼 가고 있습니까?"

그 물음에 신인 걸그룹 담당인 문광식 이사는 당연하다는 듯 웃었다.

"당연한 것 아니겠습니까? 신년회의에서 정식으로 보고서를 올리지요."

"하하하."

분위기는 화기애애했다. 이미 신인이 성공했다는 분위기였다.

그 모습을 보며 이한서 이사는 혀를 찼다.

'에디오스는 이젠 언급도 안 되는군.'

계약이 만료된 이상, 나 몰라라 한다는 걸까? 이전의 MG엔터테인먼트에서는 상상도 못 할 일이었다. 재계약이 쉬운 것도 아니지만 설사 뜻이 맞지 않아 재계약에 실패한다 해도 좋은 모습으로 떠나게 했던 MG엔터테인먼트가, 최악의 모습으로 스타를 떠나보냈다. 이곳을 떠난 스타가 나중에 MG엔터테인먼트에 대해 어떻게 이야기할지 저들은 생각도 안 하는 듯했다.

이한서 이사의 생각을 아는지 모르는지, 문광식 이사가 다른 안건을 꺼냈다.

"그나저나 민진서 말인데, 올해 중국에서 얻은 성과가 엄청났습니다. CNTV 드라마 채널에서 방영하는 사극에 출연해 대히트를 쳤죠. 중국 진출은 신의 한 수였습니다."

"하하하. 모두의 공 아니겠습니까."

이영창 이사가 웃으며 답했다.

민진서 이야기가 나오니 분위기가 화기애애해졌다. 민진서는 원진문 회장이 직접 담당했었다. 원칙은 원진문 회장의 대리가 담당하기로 되어 있었으나 실상은 이사들 손아귀에 있었다. 물론 민진서가 이사들 마음대로 이리저리 움직일 만큼 호락호락하진 않았지만.

"당분간 민진서는 중국에 있겠군요."

"그렇지요."

"한국 와봐야 다른 곳에 눈독들일 게 뻔해요. 당분간은 중국에 있게 하는 것이 낫겠습니다."

이사들 모두가 의견을 모았다. 중국 시장은 확실히 돈이 되었다. 돈도 되고, 위험요소도 없으니 일석이조였다.

'애가 고생하는 모습은 보이지도 않나.'

웃고 떠드는 저들의 모습을 보며 이한서 이사는 고개를 저었다.

월드엔터테인먼트에서 강윤 다음으로 바쁜 사람은 이현지였다.

강윤이 에디오스와의 계약을 성사시키고 오는 바람에 그녀의 일은 2배를 넘어 3배까지 늘어났다. 계약금도 책정해야 했고, 루나스의 사무실을 개조하기 위한 예산 산정에, 김재훈의 활동비, 김지민의 교육비에 이르기까지.

매일이 야근이었다.

"이사님. 퇴근…… 안 하세요?"

저녁 9시.

정혜진은 아직도 쌓여 있는 서류들 사이로 조심스럽게 물었다. 그러나 이현지는 퀭한 눈을 들며 답했다.

"……먼저 퇴근하세요."

"흑흑. 사장님 나빠요."

"연말정산도 힘들죠?"

"네에……."

정혜진도 연말에 밀려드는 일로 폭탄을 맞았다. 통장에 월급은 쌓여 있는데 쓸 시간이 없다며 투덜거렸다. 그 말을 들은 이현지가 낮은 소리로 웃었다.

"부자 될 거예요."

"이런 부자는 싫어요!"

정혜진은 정산천국에서 행복에 찬 비명을 질렀다.

한편, 스튜디오에서 강윤은 김재훈과 하얀달빛, 그리고 김지민과 함께 이야기를 나누고 있었다.

"크리스마스 공연이요?"

행사 중에서도 가장 돈을 많이 벌 수 있는 날이었다. 당연히 스케줄이 있을 거라 생각하며 김재훈은 고개를 갸웃했다. 그런데 스케줄을 보니 웬걸. 다른 날은 꽉 차 있는데 24일 밤은 텅텅 비어 있었다.

강윤은 설명을 해주었다.

"루나스에서 공연을 하려고 비워놨어. 공연 컨셉은 솔로 파티?"

"솔로파티요?"

이현아가 큰 눈을 껌뻑였다. 다른 하얀달빛 멤버들은 가슴을 움켜잡았다.

"크윽. 사장님이 아픈 구석을 찌르는구나."

"큭……."

김진대의 말에 정찬규도 말없이 눈물을 글썽였다. 그런데 이차희는 덤덤한 반응이었다. 이현아가 놀라 물었다.

"차희야, 넌 애인 있어?"

"요즘 썸 타는 애는 있어."

"에엑?"

쿨하게 나온 말에 이현아를 비롯한 모두가 놀랐다. 그러나 그녀는 그러거나 말거나 고저 없이 말했다.

"공무원인데, 재미는 없어도 착하더라고."

이현아가 진한 호기심을 보였다. 이차희도 썸남이야기를 하며 수다를 시작했다. 강윤은 회의가 딴 길로 샐 기미를 보이자 손바닥을 쳤다. 그러자 모두의 신경이 다시 집중됐다.

"자자. 아무튼 24일은 커플들을 위한 파티만 열잖아. 솔로들이 갈 데가 없단 말이야. 발상을 반대로 해보는 거야. 솔로를 위한 공연. 무적의 솔로파티?"

"선생님. 이름은 바꿔야 할 것 같아요."

김지민의 말에 모두가 낄낄대며 웃었다. 강윤도 멋쩍은 듯 어깨를 으쓱였다. 어감을 들으면 어둠의 포스가 진하게 풍겨 아무도 안 올 것 같았다.

"아무래도 그래야겠다. 아무튼 재훈이나 하얀달빛 스케줄도 조절했고, 루나스도 시간을 빼놨어. 시간은 24일 저녁 7시. 출연진은……."

"저희 소속사 식구들인가요?"

이현아의 물음에 강윤은 고개를 끄덕였다.

"맞아. 그리고……."

그때, 스튜디오 문이 열리며 한 남자가 들어왔다. 큰 키에 적당히 마른 몸. 딱 봐도 여자들이 좋아할 만한 외모의 남자였다.

강윤은 그를 보고 손을 흔들었다.

"어서와, 준열아."

"여어. 형!"

이준열이었다. 그는 강윤을 보며 바로 포옹을 하더니 그의 옆을 떡하니 차지하며 앉았다. 난데없는 유명 가수의 등장에 모두가 눈을 휘둥그레 떴다.

"아, 안녕하세요?"

김지민을 비롯한 여자들의 눈이 흔들렸다. 이준열의 남자다운 외모에 잠시 흔들린 것이다. 남자들도 그의 큰 키와 외모에 살짝 경계하는 눈치였다.

강윤은 모두에게 이준열을 소개해 주었다. 가수 세디를 모르는 이는 없었다.

"안녕하세요? 이준열입니다."

이준열의 간단한 인사에 모두가 박수를 쳤다. 특히 여자들의 박수소리가 무척 컸다.

"우와. 세디를 여기서 볼 줄은 몰랐어요."

이현아는 솔직한 심정을 이야기했다. 그러자 이준열이 웃었다.

"후후. 형님이 부르는데 어디든 가야죠."

"그래요?"

이현아가 강윤을 보는 눈이 더 높아지는 순간이었다.

이준열까지 오니 강윤은 이야기를 계속해 나갔다.

"준열이는 대충 알고 있지?"

"아아. 솔로파티라고? 그런데 나로 괜찮겠어? 난 솔로들의 마음을 잘 모르는데."

그의 말에 김재훈이 가볍게 인상을 썼다. 그러나 강윤이 어이없다며 한마디 했다.

"괜찮아. 너를 위해 준비한 파트너가 있으니까. 같이 부르면 돼."

"파트너? 누구야? 아, 저번에 말했던 그거야?"

피처링을 이르는 말이었다. 강윤은 고개를 끄덕였다.

"그것도 겸해서. 아무튼 만나봐. 내 생각엔 네 목소리와 아주 잘 맞아. 곧 올 거야."

이야기를 마친 강윤은 시선을 다른 곳으로 돌렸다.

"이번 파티는 순서가 중요해. 첫 번째는 하얀달빛이, 두 번째는 재훈이가 세 번째는 준열이가 맡아주면 돼."

"네. 곡 선정은 어떻게 할까요?"

이현아의 질문에 강윤은 모두에게 콘티를 이야기했다. 파티에 맞는 스토리가 있었다. 하얀달빛이 가볍게 분위기를 띄워 마음을 열고, 김재훈이 부드러운 노래로 열린 마음을 녹이는 역할을 맡는다. 마지막으로 이준열과 파트너가 그 녹은 마음에 훈풍이 불게 만들어야 한다. 이게 파티의 주 내용이었다.

"혼자 하다 듀엣으로 가는 거구만. 알았어. 숙제하는 기분이네. 내 파트너는 언제 올⋯⋯."

이준열이 곡에 대해 고민할 때, 스튜디오의 문이 열리며 긴 생머리의 여자가 들어왔다. 편안한 청바지에 점퍼만을 입은 여인이었다. 그녀를 보며 모두가 놀라 외쳤다.

"주연?!"

"주연이다?!"

가장 큰 소리는 김진대와 정찬규에게서 나왔다. 무려 에디오스의 멤버였다. 강윤이 에디오스와 계약했다는 건 아직 이야기를 하지 않은 상태였다. 이현아와 이차희도 놀라 입이 벌어졌고, 김지민도 톱가수를 보자 침을 꿀꺽 삼켰다.

김재훈도 눈이 흔들리는 가운데 이준열이 놀라움이 가득한 눈으로 강윤을 돌아봤다.

"형. 설마……."

"다들 알지? 굳이 소개할 필요는 없겠네. 주연아, 인사해."

한주연은 쑥스러운 표정으로 조심스럽게 강윤 옆에 섰다.

"안녕하세요? 한주연입니다. 잘 부탁드려요."

"오오오! 반가워요!"

남자들, 특히 김진대가 열화와 같이 환영해 주었다. 강아지상의 고운 미모는 그를 헤어나지 못하게 만들었다. 주책이라며 이차희가 혀를 찼다.

"주연아, 어제 도착했지?"

"네. 시차 적응이 안 돼서……. 조금 시간이 걸릴 것 같아요."

도착한 지 얼마 지나지도 않아 호출하지 않으려 했지만,

한주연이 직접 온다고 했다. 강윤이 돌아간 이후, 제대로 연습도 시작했다. 정민아만 솔로로 데뷔할 수 있다는 말이 그녀에겐 큰 충격이었다. 결국 그것이 이렇게 움직이는 계기가 되었다.

이준열은 듀엣의 상대가 한주연일 거란 걸 전혀 생각하지 못했다. 걸그룹 중에서도 한주연의 노래가 뛰어나다는 건 잘 알고 있었다. 게다가 강윤의 추천이라면 크게 걱정되지도 않았다.

"형이 한주연 씨를 추천하는 거지?"

"응. 믿어봐. 주연이 톤이 네 목소리와 잘 맞을 거야."

"형이 하는 말이니 그렇겠지."

이준열은 별 말없이 바로 수긍했다.

강윤은 한주연까지 오니 이준열에게 악보를 주었다. 듀엣곡이었다.

"어? 이거 3년 전 노래잖아? Love Day?"

한주연도 악보를 받아 들곤 꼼꼼히 살폈다.

"혹시 녹음도 해야 하나요?"

"아니. 앨범 낼 것도 아닌데 녹음까지야."

"연습은 우리가 알아서 하면 될까?"

이준열의 말에 강윤은 잠시 생각하다 말했다.

"괜찮겠어?"

"우리가 애들도 아니고. 주연 씨, 괜찮죠?"

한주연도 잠시 생각하다 고개를 끄덕였다.

"네."

강윤은 한주연의 의사를 듣고 알겠다며 수긍했다.

이후 강윤은 다른 가수들의 곡을 들으며 공연의 콘티를 짰다. 그러나 내내 이준열과 한주연의 듀엣연습이 마음에 걸렸다.

'이 기 센 것들이 연습할 때 별일 없을라나?'

너무 목소리만 생각해서 짠 것은 아닌지, 강윤은 괜히 걱정되었다.

[에디오스, 월드엔터테인먼트에 새둥지 틀어]

아이돌 그룹 에디오스가 월드엔터테인먼트(대표 이강윤)와 전속계약을 채결했다.

4일, 월드엔터테인먼트 관계자의 말에 따르면 에디오스는 전 소속사와의 계약이 끝나 새롭게 월드엔터테인먼트와 전속계약을 채결했다고 밝혔다.

월드엔터테인먼트 측은 에디오스가 아직 보여주지 못한 매력이 많고 아직 한국에서도 충분히 통할 만한 가수라며 전속계약을 채결한 이유를 밝혔다. 한때 가장 큰 팬덤을 가졌던 아이돌인 만큼 숨겨진 저력이 있다며 앞으로 더 다양한 모습을 보일 것에 강한 자신감을 드러냈다.

하지만 언제 컴백 무대를 선보일지에 대해서는 말을 아꼈다. 곧 미국에서 돌아올 거라는 말을 할 뿐, 멤버들이 앞으로 무엇을 할지에 대해서도 신중한 입장이다.

월드엔터테인먼트는 남성 보컬리스트 김재훈을 보유하고 있는 소속사로 4년의 공백도 극복하게 만든 노하우를 가지고 있다. 그 노하우가 에디오스에게도 통할지 귀추가 주목된다.

스타메이트, 이연참 기자

"에디오스가 본래 자기 자리로 돌아갔군."

추만지 사장은 인터넷 기사를 보며 깊은 신음성을 냈다. 그는 인터넷을 끄고는 비서를 호출했다. 여자 비서는 커피를 조심스럽게 그의 책상에 내려놓았다.

"윤 비서."

"네, 사장님."

여자 비서가 커피를 놓고 나가려는데, 추만지 사장이 그녀를 불렀다.

"왜 이강윤이 에디오스와 계약했을까?"

"……."

여비서는 말을 아꼈다. 어차피 그가 자신에게 묻는 게 아니라는 걸 알기 때문이었다. 곧, 추만지 사장이 답했다.

"아무리 생각해도 에디오스가 한국에서 수익을 내긴 힘들

텐데 말이야. 기껏해야 손익분기점이나 넘길 수 있을까? 무리해서 중국이라도 가면 모르겠지만 그것도 기반이 있어야 가능한 일이지. 한류 한류 하지만 한국에서의 기반도 없이 해외에서 성공하기가 쉬운 것도 아니라고. 그런데 왜, 이강윤이는 에디오스와 계약을 한 걸까?"

"……."

여비서를 세워두고, 추만지 사장은 자리에서 일어났다. 그리고 그녀의 주위를 계속 빙빙 돌았다.

"이해가 안 가, 이해가. 정에 휩쓸릴 바보도 아니었는데. 그렇다면 애초에 우리 애들한테 곡을 주지도 않았겠지. 모를 일이야."

추만지 사장은 계속 인상을 썼다.

어차피 망한다 해도 크게 신경 쓸 일은 아니었다.

그러나 이상하게 뭔가가 얹힌 듯, 마음이 쓰였다.

그렇게 한 시간 동안 비서는 내내 사장실에 서서 독백을 들어야 했다.

"참, 알다가도 모를 사람이군요."

강시명 사장은 대체 월드엔터테인먼트가 왜 에디오스와 계약을 했는지 이유를 알 수 없었다. 차라리 다른 소속사라면 얼마 남지 않은 단물이라도 빨아 먹자며 무리수를 두었다고 그냥 넘길지 몰랐다. 그런데 그가 아는 강윤은 무리수를 둘 사람이 절대 아니었다.

강시명 사장의 옆에 있던 부사장 유철신도 이유를 알 수 없다는 투로 말했다.

"말이 안 되는 이유일지 모르겠지만, 의리로 데려간 건 아닌지 모르겠습니다. 그게 아니라면 계약금을 감수하면서까지 데려갈 이유를 생각하기 힘듭니다."

유철신 부사장의 말에 강시명 사장은 잠시 생각하다 말했다.

"에디오스가 계약금을 안 받겠다고 했을지도 모르지요. 어차피 이건 기밀사항이니 우리가 알 수는 없는 내용입니다. 만약 계약금을 받았다면 월드엔터테인먼트는 짧은 기간 안에 계약금 이상을 뽑아내려 하겠지요. 김재훈 때처럼 말입니다. 일단 두고 보면 알 일입니다. 그건 그렇고, 지난번 우리 기획팀에서 에디오스가 우리 기획사로 오면 몇 년이나 활동할 수 있을 거라 예상했지요?"

"2년입니다. 이것도 제이스같이 영업 활동을 했을 때의 이야기입니다. 월드같이 작은 소속사라면 영업이 힘들어 2년보다 더 줄어들 겁니다."

유철신 부사장의 보고에 강시명 사장은 고개를 끄덕였다.

"하긴, 팬텀이 사라지다시피 했는데 무엇으로 버티겠어요. MG같이 큰 소속사라면 방송사에 들이민다던가 쇼케이스를 크게 해서 홍보에 열을 올리는 방법이라도 쓸 수 있겠지만,

월드 같은 작은 소속사가 그렇게 돈을 펑펑 쓸 수 있을 리 만무하죠. 이번 영입은 계륵과 같을 겁니다."

강시명 사장은 확신했다. 에디오스의 영입은 명백한 실수라고. 손익분기점이라도 넘길 수 있으면 다행일까?

생각이 정리되니 에디오스에 대해선 그리 신경 쓰이지 않았다.

"우리 일이나 신경 쓰도록 하지요. 이번 원티드 애들 앨범은 잘되고 있나요?"

"네. 순조롭게 진행되고 있습니다."

유철신 부사장은 가지고 온 보고서를 제출하며 업무 보고를 시작했다.

흰 눈이 내리는 날이었다.

강윤은 롱코트를 입고 홍대 인근의 카페를 걷고 있었다.

'늦었군.'

시계를 보니 3시 하고도 10분이 지났다. 강윤은 걸음을 빨리했다.

그가 들어간 곳은 홍대의 한 골목에 있는 룸식 카페였다. 직원의 안내를 받아 안으로 들어가니 목도리를 칭칭 감고 있는 여인이 그를 기다리고 있었다.

"아저씨, 여기예요."

그녀는 손을 흔들었다. 강윤도 가볍게 손을 들며 그녀와 마주앉았다.

"민아야, 미안. 늦었지?"

"네. 지금까지 11분 20초 경과했습니다."

"……그걸 일일이 재고 있냐."

"누구한테 약속 시간은 철저히 지키라고 배워와서요."

목도리를 두르고 있던 여인, 그녀는 정민아였다.

그녀는 약속시간 20분 전부터 와서 기다렸다며 투덜거렸다. 그녀가 말하는 '누구'가 자신을 말한다는 걸 강윤이 모를 리 없었다. 에디오스에게 시간은 철저히 지키라고 항상 강조했었기 때문이었다.

강윤은 멋쩍은 미소를 지으며 연습생을 봐주다 늦었다며 사과했다.

"쳇. 늦는다고 연락을 먼저 주시지……."

"톡 보냈잖아."

강윤의 말에 정민아는 바로 핸드폰을 확인했다. 강윤이 2시에 보낸 메시지가 있었다. 알림설정을 해놓지 않아 확인을 미처 하지 못한 것이다.

정민아는 투정을 부리며 수긍했다.

"……쳇. 이번엔 봐줄게요. 천하의 정민아를 기다리게 하는 사람은 아저씨밖에 없을 거예요."

"미안. 대신 오늘 커피는 내가 살게."

"뭐, 그렇다면야……."

정민아는 씨익 웃으며 비싼 커피를 먹겠다며 으름장을 놓았다.

곧 두 사람은 주문을 했고 오래지 않아 진한 아메리카노 두 잔이 나왔다. 진한 커피향이 룸 안에 은은히 퍼져 나갔다.

"비싼 거 먹는다며?"

강윤은 자신과 똑같은 저렴한 아메리카노를 시키는 정민아에게 이유를 물었다. 그러자 그녀는 다른 곳에 시선을 돌리며 말했다.

"나중에 먹을래요."

"나중은 없다."

"네에? 왜요오?"

정민아는 귀여운 표정을 지으며 강윤에게 애교를 부렸다. 강윤은 허허 웃으며 디저트를 시켜주었다. 물론, 칼로리 적은 두부과자였다. 정민아는 여기서도 두부냐며 투덜거렸다. 물론 씨알도 먹히지 않았지만…….

주문한 것들이 모두 나오고 직원이 돌아가자 정민아는 목도리를 풀어 한 곳에 놓았다.

"숙소는 어때? 불편하지는 않고?"

"네. 괜찮아요. 다들 옛날 생각난다고 좋아하는 분위기예요."

"우리 사정에 MG만큼 큰 숙소는 구하기 힘들어서 말이야. 그건 이해해 줘."

에디오스의 숙소가 얼마나 넓었는지는 강윤이 제일 잘 알았다. 그러나 지금, 강윤은 그런 숙소를 구해주기는 힘들었다. 그럼에도 정민아는 괜찮다며 손을 저었다.

"괜찮아요. 계약하기 전에는 조건 따져가며 깐깐하게 굴었지만 이젠 다르죠. 숙소 작다고 불만 가지고 있는 애들은 아무도 없어요. 누구한테 배웠는데 그렇겠어요."

"그렇게 생각해 주니 고맙네."

"숙소 같은 거야, 우리가 벌어서 큰 데로 가면 되죠."

강윤은 어느새 의젓한 말도 할 줄 알게 된 정민아가 대견스러웠다. 아무래도 좋은 시설에 있다가 안 좋은 곳으로 오게 되면 불만이 생기게 마련이다. 그런데 다들 감수를 하고 있다니 다행이었다.

숙소 이야기와 앞으로의 스케줄 이야기 등이 오가며 강윤은 여러 가지를 이야기했다. 정민아는 필요한 것들을 기록해가며 강윤의 이야기에 귀를 기울였다. 숙소로 돌아가면 에디오스 멤버들에게 말해주기 위해서였다.

그렇게 이야기를 하다 화제가 루나스에서 열리는 크리스마스 무대로 옮아갔다.

"아저씨가 미국에 오셨을 때, 저 빼고 다들 당분간 무대에 서기 힘들다 했었잖아요. 주연이가 그 말 듣고 이를 박박 갈았어요.”

강윤은 피식 웃었다. 은근히 자존심이 있는 한주연이라면 그럴 만했다.

“주연이라면 그런 말을 듣고 가만히 있을 애가 아니지. 은근히 자존심이 강한 녀석이니까. 그때 이후 연습 많이 했지?”

“네. 아예 연습실에서 안 나오더라고요.”

정민아는 아무 의욕 없던 한주연이 그렇게 독기를 품은 모습은 오랜만에 본다며 몸을 떨었다. 강윤은 식은 커피를 마시며 말했다.

“주연이 같은 애들은 어설픈 위로보다 자극을 주는 게 더 낫지.”

“혹시 일부러 그러신 거예요?”

강윤은 어깨를 으쓱였다. 진실은 강윤만이 알 뿐이었다.

어느새 커피잔이 비었다.

강윤은 정민아에게 월드엔터테인먼트의 공연장 ‘루나스’에 대한 이야기와 루나스 4층에 연습실을 만들고 있다는 이야기를 해주었다. 공연장에 한 번 놀란 정민아는 연습실이라는 말에 또 한 번 놀랐다.

“공연장은 MG에도 없던 건데……. 아저씨는 확실히 뭔가 달라요.”

“금칠해도 뭐 안 나와.”

“쳇. 아깝다.”

정민아는 강윤과 농담을 주고받으며 연습실을 보고 싶다고 이야기했다. 강윤은 아직 공사 중이라며 곤란함을 표했지만 정민아는 괜찮다며 밀어붙였다.

"상관없어요. 고고."

강윤은 결국 그녀의 등살에 밀려 함께 자리에서 일어나야 했다.

강윤은 목도리를 칭칭 동여 맨 정민아와 함께 루나스로 향했다. 그녀는 허름한 건물 안에 각종 음향시설이 갖추어져 있는 공연장을 보며 탄성을 질렀다.

"우와아~"

클럽과 오리지널 공연장을 섞어 놓은 듯한 루나스는 정민아의 눈길을 단번에 사로잡았다.

정민아는 무대 위에 올라갔다. 그곳에는 악기들이 가지런히 세팅되어 있었다. 그녀는 신디사이저와 드럼들을 둘러보며 신기해했다. 영락없는 소녀 같았다.

강윤은 호기심에 드럼을 만지려 하는 정민아를 제지했다.

"악기는 우리 거 아냐. 만지면 안 돼."

"아, 네. 여기서 다른 밴드들도 공연하나요?"

"응. 주말에는 인디밴드들이 주로 공연해. 평일에는 지역 행사들이나 여러 가지 목적으로 대여하지. 우리도 쓰고."

"아아. 공연이라니, 나도 놀고 싶다."

인디밴드의 공연이 열린다는 공연장을 보니 정민아는 음

악에 빠져 아무 생각 없이 놀고 싶어졌다. 하지만 강윤은 고개를 절레절레 흔들었다.

"걸리지 않고 놀 자신 있다면야……."

"……네에."

정민아는 풀이 죽었다. 아무래도 그럴 자신은 없었다. 진짜로 정신줄 놓고 놀면 인터넷 기사 1면을 장식할 게 뻔했다. 그런 걸로 1면 장식을 하는 건 절대로 싫었다.

아쉬워하는 정민아에게 강윤은 툭 한마디 내뱉었다.

"에디오스 컴백 앨범 성공하면 죽도록 놀게 해줄게."

그 말에 쳐져 있던 정민아의 어깨가 번쩍 들렸다.

"……그것보다, 그냥 아저씨가 놀아주시면 안 돼요?"

"내가?"

"네."

정민아가 초롱초롱 눈을 빛내며 강윤 앞으로 성큼 다가왔다. 갑자기 확 다가오는 그녀에게 강윤은 놀라 반보 뒤로 물러났다. 그 초롱초롱한 눈빛에 천하의 강윤도 밀리고 말았다. 순간 가슴까지 철렁해졌다.

정민아가 강윤을 여전히 초롱초롱한 눈으로 바라보는 가운데, 강윤은 헛기침을 했다.

"크흠흠. 뭐……. 성공만 한다면야."

"약속했어요?"

'하루 같이 밥이나 먹으면 되겠지'라며, 놀란 가슴을 진정시키며 강윤은 생각했다. 소속사 사장과 가수니 별 탈도 안 날 테고 말이다.

정민아는 그걸 아는지 모르는지 입을 헤벌쭉 벌렸다.

"헤헤헤."

"민아야. 연습실 가봐야지?"

"아, 네네."

강윤은 그녀와 함께 4층 연습실로 향했다.

연습실은 한창 공사가 진행 중이었다. 기둥 몇 개를 부수고 바닥공사가 이루어지고 있었다.

정민아는 한 곳에 가지런히 놓여 있는 바닥재를 보며 말했다.

"바닥재 이거 디게 좋은 거 같은데……."

"우리 규모가 MG는 못 따라가도, 좋은 거 써야지. 연습하다 부상이라도 입으면 안 되잖아."

"역시. 아저씨는……."

정민아는 강윤에게 엄지손가락을 번쩍 들었다.

강윤은 정민아의 어깨를 툭 치며 안으로 이끌었다. 그리고 천장에 난 구멍을 보여주었다.

"가장 중요한 게 모니터링이지. 카메라 3대, 그리고 여기에 직접 볼 수 있도록 프로젝터도 설치할 거야. 그리고 다들 기량이 돌아왔다 싶으면 연습 영상들을 팬카페에 올리려고 해."

"모니터 시설 있어야죠. 아, 그러면 이제 다시 영상도 올려요?"

정민아가 화색을 띠었다. 미국 진출 이후, 인터넷에 간간히 연습 영상을 올리는 일도 사라졌다. 데뷔 이후, 홍보를 위해 꾸준히 올리던 영상들이었다. 아이돌 가수의 새로운 모습을 알 수 있다며 팬들의 많은 호응을 얻었던 전략이었다. 연습 영상을 올린 건 에디오스가 처음이었다. 이후 걸그룹뿐만 아니라 남자 아이돌 가수들까지 연습 영상을 올리는 붐이 일었다.

강윤은 당연하다며 고개를 끄덕였다.

"그래야지. 그러고 보니 네 연습 영상부터 올라가겠구나."

"그렇겠네요? 저 솔로 한다고 했으니까."

정민아의 표정에서 기대감이 묻어났다.

"곡이 나오면 그 이야기는 자세히 해보자. 안무가도 필요하고, 해야 할 일이 많네."

"네. 저 열심히 할게요."

정민아는 두 손을 모았다.

몇 개월 뒤, 홀로 무대에 오를 자신을 생각하니 가슴이 두근거렸다.

에디오스의 정민아가 아닌, 솔로가수 정민아로서 무대에 오른다니.

기대감에 가슴이 설렜다.

이준열과 한주연은 각자 곡을 연습해 오고 맞춰보기로 약속했다.

맞춰볼 장소는 월드엔터테인먼트의 스튜디오였다. 강윤은 스튜디오에서 연습하고 싶다는 두 사람의 말을 듣고 바로 장비를 세팅해 놓았다.

그리고 당일, 강윤은 이준열과 한주연의 연습을 지켜보고 있었다.

"지난 날 모두 하얀 눈 속에 묻어버리고~"

노래 연습을 할 때는 평소의 까불까불한 이준열은 없었다. 그의 노래에선 진중함이 묻어났다.

'노래에서 겨울 느낌이 물씬 나는군.'

강윤은 노래에 집중했다.

바이올린과 묵직한 베이스 소리가 함께 어우러지는 반주가 이준열의 목소리에 어우러지며 하얀 빛을 만들어냈다. 빛의 밝기는 매우 밝았다.

"잠시 멈췄던 우리의 이야기를~"

이준열의 파트가 끝나고 한주연의 파트가 시작되었다. 악기 소리들이 추가되며 한주연의 소리에 힘을 보탰다.

노래가 진행되면서 후렴으로 넘어갔다. 포인트, 같이 부르는 파트였다. 두 남녀의 소리 모두 흠결 하나 없었다. 목소리

톤도, 음정도 잘 맞는지 같이 부르는 파트로 넘어가도 크게 탓할 일이 없었다. 한주연이 알토, 이준열이 테너를 맡으며 고음을 소화했다.

'괜찮네.'

두 사람의 노래를 들으며 강윤은 만족했다. 한주연은 이준열의 소리를 들으며 원키보다 음을 낮췄다. 소리가 너무 크지도, 작지도 않게 이준열의 목소리를 받쳐주었다.

그 영향 탓일까? 노래의 하얀빛이 점차 변해가기 시작했다.

'응?'

2절을 넘어 후렴으로 가는 노래에서 보이는 빛의 변화에 강윤은 눈을 비볐다. 강한 하얀 빛을 뿜어내던 노래가 은빛으로 변하고 있었다. 처음에는 흐릿했지만 빠르게 아름다운 빛을 뿜어내기 시작했다. 두 사람의 목소리가 2절에서 조화를 이루며 은빛은 더더욱 뚜렷해지고 있었다.

그런데, 2절 후렴을 넘어 절정으로 넘어갈 때였다.

"잠깐, 잠깐."

이준열은 노래를 중단하며 손을 들었다. 그러자 은빛도 순식간에 사그라져 버렸다. 강윤은 의아함에 반주를 끄고 물었다.

"왜 그래?"

"미안. 소리 좀 잡고 갈게."

"소리를 잡아? 왜?"

강윤은 어리둥절했다. 분위기가 점점 고조되는데 멈춰 버리니 김이 새버렸다.

"후배야. 후렴 들어와서 '별일 아닌' 이 부분에서 몇 도 내리니?"

"3도 내립니다."

한주연은 잔뜩 긴장하며 대답했다. 아이돌 계에서 선배였지만 이준열에겐 까마득한 후배였다. 여자에게 매너 있는 이준열이었지만 노래할 때는 전혀 그런 모습이 없었다.

"여기 '아닌' 부분부터 조금 틀어진 것 같아. 신경 좀 써줘."

"네, 선배님."

이준열은 한주연에게 몇 가지를 더 지적하고는 강윤을 돌아봤다.

"분위기 좋았는데 미안. 내 방식이 이래서."

"괜찮아."

강윤은 손을 저었다. 그는 은빛이 아쉬웠지만 최대한 이준열을 배려해 주었다.

'주연이가 이상했나? 아닌데.'

이준열이 아니라는 건 분명히 인식했다. 하지만 거기에 대해 직설적으로 이야기하진 않았다. 강윤은 차분히 이야기할 타이밍을 쟀다.

곧 연습이 시작되었다. 그러나 전보다 좋은 곡이 나올 리가 없었다. 아니나 다를까, 한주연의 소리와 이준열의 음이 조금씩 어긋나기 시작했다. 결국 후렴부를 다 끝내기도 전에 이준열은 다시 노래를 중단시켰다.

"이게 아닌데. 느낌이 이상해."

"선배님, 아까 했던 대로 해볼까요?"

"아니. 차라리 음을 높여보자."

"둘 다 올리면 듣기 싫어지지 않을까요?"

"일단 해보고 말해."

원하는 대로 안 풀리니 이준열에게서 짜증이 묻어났다. 순간 한주연의 얼굴이 일그러지려는 찰나, 강윤이 나섰다.

"준열아. 릴렉스하자."

"아, 이런. 미안해. 내가 예민했나."

이준열은 머리를 긁적였다. 한주연은 강윤을 돌아봤다.

"사장님."

"주연아. 일단은 준열이 말대로 한 번 해보자. 알았지?"

"네."

한주연은 조금 전의 방식이 더 좋다고 생각했지만, 강윤의 말에 군말 없이 따랐다.

다시 반주가 나오며 노래가 시작되었다.

"생각보다 조금~ 길어졌네요~ 우리 헤어졌던 시간~~"

한주연은 이준열이 말한 대로 목소리를 올렸다. 이준열이 내는 음보다 높은 음을 내다보니 가성도 내야 했다. 이준열도 한주연의 음에 귀를 기울이며 원래 음을 냈다.

두 사람의 노래에서 나오는 음표가 만드는 빛을 보며 강윤은 고개를 저었다.

'확실히 이건 아니야.'

처음의 은빛은 사라지고, 어느새 약한 회색빛이 나오고 있었다. 맑고 시원한 느낌은 온데간데없이 사라지고 칙칙한 느낌이 드니 강윤은 저도 모르게 인상을 썼다. 회색이 주는 느낌은 견디기가 쉽지 않았다.

그렇게 노래가 끝이 났다.

"쩝⋯⋯."

이준열은 민망했는지 머리를 긁적였다. 이 노래는 척 들어도 영 아니었다.

"너무 높였나 봐. 조금만 낮춰 보자."

이준열은 집념의 사나이였다.

이후 그는 여러 가지 방법을 시도했다. 한주연은 답답했지만 강윤을 보며 군말 없이 이준열의 말에 따랐다. 원래 자기 주장이 강한 한주연으로선 가만히 있는 것도 고역이었다. 하지만 그녀는 꾹 참고 이준열이 하자는 대로 다 들어주었다.

여러 시도에도 적절한 화음을 찾지 못한 이준열은 결국 마이크를 놓고 말았다.

"아, 몰라. 뭐가 이렇게 어려워."

이준열은 투덜거리며 의자에 털썩 주저앉았다. 한주연은

잠시 화장실에 다녀오겠다며 스튜디오를 나섰다.

그때, 강윤이 다가왔다.

"준열아. 처음에 했던 대로 한번 해보는 게 어때?"

"내가 높게, 후배가 낮게 부르는 거 말이야? 그거 느낌 영 안 살았는데……."

"끝까지 들어보진 않았잖아. 다시 들어보면 또 다를지 어떻게 알아. 원래 음악이 그런 거잖아."

"하긴. 음악이 그런 변덕쟁이이긴 하지. 알았어."

강윤의 설득에 이준열은 다시 마이크를 잡았다. 그 사이에 잠시 화장실에 다녀온 한주연이 이준열에게 다가왔다.

"선배님. 이번에는 어떻게 할까요?"

"처음에 한 대로 해보자."

그러자 한주연의 표정이 순간 일그러지려 했다.

'뭐 이런…….'

그때, 그녀의 표정이 변하려는 걸 눈치챈 강윤이 한주연과 눈을 마주쳤다.

'주연아.'

'아.'

한주연은 표정관리를 하라는 강윤의 의도를 알아채고는 바로 얼굴을 폈다. 사회생활은 역시 어려운 것이었다.

다행히 이준열은 그녀의 표정을 눈치 못 챘는지 강윤에게로 눈을 돌렸다.

"형, 시작할게."

"주연이도 기다려 줘야지. 선배가 돼가지곤."

"쳇. 형네 애들이니까 그나마 봐주는 거야."

"그래, 차암 고맙다."

"장난이야, 장난."

가벼운 농담으로 분위기를 띄운 강윤은 MR을 재생했다. 곧 드럼소리가 터져 나오며 후렴부가 시작되었다. 이준열과 한주연은 숨을 들이마시고는 목소리를 높였다.

"생각보다 조금~ 길어졌네요~ 우리 헤어졌던 시간 ~~"

처음에 불렀던 것과 같이 이준열은 높게, 한주연은 낮게 음을 잡았다.

'어?'

노래를 부르며 이준열은 조금 전과 완전히 다른 느낌을 받았다. 분명히 처음과 같은 노래였는데 느낌이 완전히 달랐다. 자신과 한주연의 목소리가 톱니바퀴처럼 딱 들어맞고 있는 것이다.

'이게 훨씬 나았는데.'

한주연은 당연하다 생각하며 낮은 소리를 높여갔다. 이준열은 그녀의 생각을 아는지 모르는지 낮은 소리에 자신의 목소리를 얹으며 힘을 받아갔다.

"이 겨울은 이렇게 따스한데~ 그대는~~"

두 사람의 목소리는 하나의 화음을 이루며 스튜디오를 가득 채웠다. 그와 함께 강윤의 눈에 은빛의 향연이 펼쳐졌다. 그 순간 청량한 무언가가 그의 몸속에 스며들었다.

'이 느낌……'

은빛의 노래가 주는 시원하면서 맑은 느낌이었다. 강윤은 저도 모르게 눈을 감았다.

절정을 넘어서자 은빛은 천천히 사그라지며 노래가 끝났다.

"그래, 이거지, 이거!"

이준열은 후배라 부르며 이름도 알지 못했던 한주연과 하이파이브를 했다. 이렇게 자신과 잘 들어맞는 목소리와 노래는 처음이었다. 강윤이 피처링으로 왜 아이돌을 들이밀었는지 확실히 알 수 있었다.

"혀엉!"

자신에게 안기려 하는 이준열을 밀어내며 강윤은 어깨를 으쓱였다. 그 모습에 한주연이 손으로 입을 가리며 웃었다.

'이제 이걸 어떻게 부각시킬지를 생각해야겠네.'

기어이 자신을 껴안은 이준열을 떼어내며, 강윤은 다음 계획을 생각하기 시작했다.

"오늘 연습 최고였. 형, 나중에 봐."

연습이 끝나고, 이준열은 엄지손가락을 들어 보이고는 돌아갔다.

한주연은 말없이 스튜디오를 정리하는 강윤을 도왔다. 그가 괜찮다며 숙소로 가서 쉬라 했지만, 그녀는 같은 식구는 돕는 게 당연하다며 바닥에 널브러진 마이크 라인을 집어 들었다. 물론 라인 마는 법을 몰라서 강윤에게 배워야 했지만 말이다.

"세디 선배님은 특이하신 분 같아요."

"준열이? 좀 많이 특이하지."

어설프게 마이크 라인을 말며, 한주연은 오늘 느낀 이준열에 대해 이야기했다.

"가벼운 듯하면서 무겁고, 날선 것 같은데 아닌 것 같고. 알 수 없는 선배였어요."

"준열이가 알 수 없는 매력이 있긴 하지. 노래는 어땠어?"

"목소리가 정말 좋으시더라고요. 다른 건……."

한주연은 말끝을 흐렸다. 사실은 이름도 불러주지 않는 선배라 마음에 안 든다고 말하고 싶었지만 참았다.

그런데 그녀의 생각을 알았는지 강윤이 부드러운 어조로 말했다.

"준열이가 많이 까칠해. 안하무인이기도 하고. 적응하기 힘들었을 거야. 고생했어."

"맞아요. 그런 선배는 사실 처음……."

한주연이 저도 모르게 본심을 말하려 할 때, 강윤이 그녀의 말을 가로챘다.

"하지만 지금의 너를 저 높이 띄워 줄 사람이야."

"……"

그 말에 한주연은 꿀 먹은 벙어리가 되었다.

"무슨 수를 써서라도 네 편으로 만들어. 그게 네 첫 번째 일이야."

"어려울 것 같은데……."

한주연이 힘들 것 같다며 입술을 삐죽였지만 강윤은 단호했다.

"처음 맞춰 봤을 때가 제일 좋았지?"

"……그랬죠."

좋은 정도가 아니었다. 이렇게 목소리가 잘 맞는 사람도 드물었다. 중간에 이상한 시도를 하며 시간을 낭비하긴 했지만, 이 정도 혼성 듀오가 나올 거라곤 생각지도 못했다.

하지만 이준열의 성격에 맞출 자신이 없다며 한주연은 자신 없는 모습을 보였다. 그러자 강윤이 그녀를 자극했다.

"민아만 솔로로 나가는 게 싫지?"

"……네."

같은 멤버에게 뒤처지는 건 질색이었다. 한주연은 솔직했다.

강윤은 그 말에 미소 지으며 그녀의 어깨를 두드렸다.

"기회는 스스로 만드는 거야. 네가 사람들을 찾아가지 말고 찾아오도록 만들어. 그게 스타야. 이번 공연이 그 시작이야."

"알겠습니다."

한주연의 답을 들은 강윤은 만족하며 돌아섰다.

그 후, 두 사람은 말없이 스튜디오를 정리했다.

월드엔터테인먼트의 모든 사람들이 한자리에 모이는 일은 드물었다. 워낙에 회의가 없기 때문이었다. 소속 가수들도 '사장님이 어련히 알아서 잘하겠지'라며 전혀 불만이 없었다. 소속 가수들은 그에 대한 확고한 믿음이 있었다.

12월이 조금 지난 어느 날.

드물게 월드엔터테인먼트에 전체 회의가 소집되었다. 가수들을 비롯한 전 사원이 아침부터 스튜디오에 모였다.

"후아암. 무슨 일이래?"

이현아는 잠이 덜 깼는지 하품을 했다. 이차희도 졸린 눈을 비비며 잠을 쫓았다. 김재훈이나 다른 가수들도 늦게 잔 통에 피곤을 쫓으려 기지개를 폈다.

그때, 스튜디오 문이 열리며 강윤이 들어왔다. 가수들이 그에게 인사를 하려는데, 그의 뒤에 웬 여자들이 줄줄이 들어왔다.

"누구……. 에, 에디오스?!"

전날 음주를 한 탓에 피곤이 극에 달해 있던 김진대는 술

기운에 헛것이 보이나 싶어 눈을 비볐다. TV에서나 보던 탑 연예인의 출연은 술기운을 시원하게 날려 버렸다. 며칠 전, 한주연을 봤을 때도 놀라움에 심장이 덜커덩했는데, 이번에는 전원이라니!

이현아와 이차희도 서로 속삭이며 무슨 일이냐며 극성을 떨었다. 이현지가 모두에게 '강윤에게 집중하라'며 손짓하니 모두가 놀란 가슴을 진정시키며 말을 멈췄다.

분위기가 조금 가라앉자 강윤이 에디오스를 앞으로 불러 세웠다.

"주연이는 다들 봤을 거고. 다른 애들은 처음이지? 인사해. 이번에 우리 소속사에 오게 된 에디오스야. 애들아."

"하나, 둘. 안녕하세요? 에디오스입니다!"

지하 스튜디오에 힘찬 소녀들의 목소리가 울려 퍼졌다. TV에서나 보던 그녀들의 기운 찬 인사에 김진대는 얼떨떨한 모습으로 정찬규에게 속삭였다.

"허, 그때 봤을 때 설마설마 했는데……."

"나도 에디오스 전원을 볼 줄은 몰랐다."

정찬규도 김진대와 생각이 크게 다르지 않았다.

소속 가수들도 에디오스와 월드엔터테인먼트에 대한 기사를 접하기는 했다. 그러나 그들에겐 실제로 피부에 와 닿지 않았다. 자신들에게 미치는 영향이 전혀 없었기 때문이었다. 탑스타 영입했다며 소홀해지는 등의 일도 전혀 없었다. 에디오스 영입 사실을 기사로 접할 정도였으니⋯⋯. 그들 중에는 심지어 에디오스 영입이 루머라고 생각한 이도 있었다.

사무실 사람들, 이현지와 정혜진을 제외하고 모두가 멍한 표정이었다.

환영의 박수가 나올 줄 알았던 에디오스 멤버들은 난감한 듯 다른 곳을 바라보며 웃었다. 생각했던 반응과는 너무도 달랐다.

그때, 강윤이 미안한 표정으로 머리를 긁적였다.

"다들 놀랐나 보네. 미리 말이라도 해둘 걸. 내 실수네."

"조금 전이라도 말해 둘 걸 그랬네요. 사장님 서프라이즈 는 실패예요."

"하하하."

이현지가 가볍게 분위기를 푸니 그제야 모두가 웃었다. 강 윤도 어깨를 으쓱이며 볼을 긁적였다.

분위기가 가벼워지자 강윤은 정민아부터 앞으로 내세 웠다. 그렇게 한 명씩 자신을 소개했다. 다행히 처음의 어색 한 분위기는 사라지고, 열렬한 박수가 터져 나왔다.

에디오스를 모르는 이들은 없었다. 특히 남자들의 박수소 리가 무척 컸다. 물개박수를 친 김진대는 인사하는 내내 에 디오스에게서 시선을 떼지 못했다. 이차희가 바보 같다며 고 개를 흔드는 것도 무시할 정도로 말이다.

마지막 이삼순을 끝으로 멤버 소개가 끝났다. 오늘은 점심

식사도 같이 하며 서로 친해지기로 일정을 잡았다고 이야기하며 강윤은 새로 사온 의자에 에디오스의 자리를 마련해 주었다.

강윤이 이현지와 잠시 크리스마스 공연에 대해 이야기를 나누는 사이, 에디오스와 가수들은 간단한 이야기를 주고받으며 대화를 시작했다. 김재훈은 한주연, 크리스티 안과 주로 이야기를 나누었고 김진대와 정찬규는 이삼순과 주로 대화를 주고받았다. 이현아는 자신의 옆에 앉은 에일리 정과 사소한 이야기를 하며 말문을 텄고, 정민아와 서한유는 정혜진과 화장품 이야기를 하며 마음을 열었다.

바로 회의를 시작하려던 강윤은 한창 대화에 빠져든 식구들을 보며 잠시 말문을 닫았다.

"다들 금방 적응하네요. 걱정했는데."

"그러게요. 오늘 회의는 이만 할까요?"

"분위기도 좋은데 식사하러 가는 게 어때요?"

이현지의 제안에 강윤은 고개를 끄덕이며 동의했다. 회의도 중요했지만 새로운 사람이 잘 적응할 수 있도록 분위기를 만들어주는 것이 더 중요했다. 모두가 잘해주고 있으니 강윤은 그 장을 더 넓게 펼쳐 줄 생각이었다.

"밥 먹으러 갈까?"

"어디요?"

"어디요?"

밥이라는 말에 이현아와 정민아가 동시에 강윤을 바라봤다. 순간, 두 여인의 눈이 마주쳤다.

'앤 뭐야?'

잠시 마주친 두 시선이 그렇게 말하는 듯했다. 미묘한 기류가 흐르는 두 사람을 아는지 모르는지, 강윤은 메뉴를 선정했다.

"부대찌개 어때?"

"콜!"

"코올!"

이번에도 정민아와 이현아는 신이 나 답했다. 두 사람 다 강윤의 말에 누구보다도 적극적이었다.

"혜진 씨. 예약 부탁해요."

"네."

모두가 의자를 정리하며 자리에서 일어나는 가운데, 이현아와 정민아는 서로에 대해 의식했다. 뭔가 이상한 촉이 걸려오고 있었다.

그 기류를 알 리 없는 강윤은 이현지와 먼저 스튜디오를 나섰다.

"저……."

서로를 의식하다 타이밍을 놓친 두 사람은 괜히 서로를 째려보았다.

식사가 끝나고, 월드엔터테인먼트 사람들은 자신의 자리로 복귀했다. 하얀달빛은 연습실로, 김재훈은 스케줄을 수행하기 위해 방송국으로 향했다. 에디오스도 숙소로 돌아갔다.

단 한 명, 이삼순을 제외하고 말이다. 강윤은 그녀와 함께 스튜디오의 의자에 마주 앉았다.

"둘이 이야기하는 건 오랜만이구나."

"다시 연습생이 된 것 같아요. 팀장……. 아, 이젠 아니구나. 사장님하고 면담을 하게 되니."

이삼순은 약간 긴장한 모습이었다. 입장은 바뀌었지만 강윤이라는 사람이 주는 무게감은 여전했다.

강윤은 손수 커피를 내오며 그녀의 긴장을 풀어주었다.

"오늘은 편안하게 이야기하자. 미우나 고우나 우린 함께 갈 사이니까."

"네. 팀장님은 옛날이나 지금이나 변한 게 없으신 것 같아요."

"이젠 늙었지."

"오히려 젊어지신 것 같은데……."

강윤은 씨익 웃었다. 빈말이라도 기분이 좋아지는 말이었다. 확실히 이삼순은 사람을 기분 좋게 하는 능력이 있었다.

"고마워. 오늘 남으라고 한 건 앞으로 일정 때문에."

"아, 그래요?"

이삼순은 차분히 답했지만 심장이 쿵쾅 뛰었다. 정민아에 이어 한주연, 이번에는 자신의 차례가 왔다. 강윤이 어떤 말을 할지 기대됐다.

'난 뭘 할까? 힙합? 록?'

그녀는 어떤 음악을 보여줄지 상상의 나래를 펼쳐 나갔다. 그런데…….

"삼순아. 산에서 살았다고 했지?"

"네? 할머니랑 살았었죠. 왜요?"

뜬금없는 질문이 날아들었다. 이삼순은 의아함과 함께 이상한 느낌이 엄습했다.

아니나 다를까.

"저번 추석에 파일럿에 성공한 프로그램이 있어. 모던파머라고, 직접 농촌에 가서 농사를 짓는 컨셉의 리얼 버라이어티야. 여기 출연해 보는 게 어떨까 해."

"네에?"

이상한 느낌은 딱 들어맞았다. 노래가 아니고 농사란다. 발음만 비슷했다.

"자, 잠깐만요. 농사요?"

이삼순은 눈살을 찌푸렸다. 매사에 긍정적이던 모습은 보이지 않았다.

그녀의 싫은 기색에 강윤은 차분한 어조로 말했다.

"시골에 가서 잠깐 머무르는 예능들은 있었지만, 직접 농사를 짓는 종류는 없었어. 게다가 PD가 예능에 대해 잘 아는 사람이야. 그 팀이 편집도 잘해. 내 생각에 이건 기회야. 잡아야 해."

"하하……."

이삼순은 난감했다.

분명 강윤이 산 이야기를 하며 그 PD에게 밀어 넣은 게 눈에 보였다. 산에서 살았던 특이한 이력을 가진 여자 아이돌. 어느 PD가 그런 캐릭터를 마다하겠는가. 그러나 이삼순은 농사가 싫었다. 그것도 매우!

"이거…… 꼭 해야 해요?"

"싫으면 할 수 없지. 하지만……."

"하지만?"

"네가 자리 잡는 데 시간이 좀 더 걸리겠지? 그러면……. 에디오스 컴백 일정이 미뤄지지 않을까?"

컴백이 미뤄진다니! 무시무시한 말이었다.

거절해도 좋다. 하지만, 거절 안 하는 게 좋을 것이다. 이건 뭐…….

사실상 외길이었다.

"으으……. 시골은 이제 싫은데."

"이번 한 번만 참자. 앞으로 이런 예능은 안 잡을 테니까."

"……네에."

이삼순의 어깨가 바닥까지 내려갔다. 누구는 폼 나게 무대에서 노래하고 퍼포먼스를 보이는데 자기는 밭에서 노동을 해야 한다니. 고생길이 훤히 보였다.

그녀의 기분을 알았는지 강윤이 부드러운 어조로 말했다.

"확신하는데 이 프로그램 하면 네 인지도가 민아와 비슷해질 거야."

"……정말요?"

그의 말에 이삼순의 어깨가 조금은 들렸다. 에디오스 인지도의 절반은 정민아의 몫이라는 말이 있을 정도였다. 그런 정민아의 인지도와 비슷해진다니. 과장이나 거짓을 좋아하지 않는 강윤의 말이니 신뢰가 갔다.

"응. 약속해."

"……알았어요. 할게요."

결국 이삼순은 예능 출연을 수락했다. 떠밀리듯 한 결정이었지만 한 번이라면 최선을 다할 생각이었다.

면담이 끝나고, 이삼순은 스튜디오를 나섰다.

"……뭐, 나중에는 스스로 한다고 나설지도 모르지."

강윤은 이삼순이 나간 이후, DLE 방송국에 전화를 걸었다. 예능 출연을 수락하기 위해서였다.

화이트 크리스마스 이브.

하얀 눈이 내리며 온 세상을 아름답게 물들이며, 눈꽃은…….

"……개뿔."

김대현 매니저는 공연장 앞에 가득 쌓인 눈을 쓸어내며 투덜거렸다. 누가 그랬던가. 하얀 가루는 '악마의 X가루'라고. 탁월한 작명 센스에 엄지를 척 올려주고 싶었다.

물론, 그러거나 말거나 하얀 눈이 펑펑 내리며 쓴 자리를 다시 하얗게 덮어나갔다.

"그만 좀 내려라……."

김대현 매니저는 힘겹게 비질을 하며 온몸을 부들부들 떨었다.

부들부들 떨며 비질을 하는 김대현 매니저를 지나치며, 루나스에 사람들이 하나둘씩 입장하기 시작했다.

솔로들을 위한 파티에 걸맞게 남자들끼리, 혹은 여자들끼리 온 사람들이 많았다. 간혹 커플들도 보이긴 했지만 많지는 않았다. 서로를 힐끔힐끔 보며 탐색을 하는 이들도 많았다.

여성들의 주 관심사는 단연 이준열이었다.

"세디 완전 대박."

"나 세디 보려고 티켓 샀잖아."

"그런데 한주연이 누구?"

"몰라. 가수인가?"

디오스의 한주연이 나온다면 세디라 쓰인 옆에 'Feat. 주연 of 에디오스'라 적혀 있어야 했다. 그런데 'Feat. 한주연' 이라고만 적혀 있었다. 그래서 사람들은 큰 관심을 두지 않고 넘어갔다.

공연시간이 되자 관객석의 불이 꺼지며 무대의 막이 올랐다.

스포트라이트를 받으며 밴드가 등장했다. 하얀달빛이었다.

"안녕하세요?!"

"와아아아!"

힘찬 이현아의 목소리에 관객들이 힘찬 목소리로 답했다. 그와 함께 드럼이 돌아가며 첫 무대가 시작되었다.

하얀달빛의 무대는 평소보다 짧았지만 분위기를 뜨겁게 달궈놓았다.

이어진 김재훈의 무대는 사람들의 감성을 촉촉하게 적셨다. 처음은 가볍게 시작하더니 갈수록 애절한 멜로디가 모두의 가슴을 자극했다.

특히, 옆구리가 빈 사람들의 빈 마음을 더더욱 자극했다.

"으흑흑. 왜, 난 혼자인가."

"이런 열여덟……. 난 메테오도 쓸 수 있어."

"난 내년이면 드래곤 소환한다. 난 용 싫은데……."

김재훈의 목소리는 남자들의 마음을 특히 울렸다.

그렇게 사람들의 마음을 울리며, 그의 무대가 끝이 났다.

"와아아아아~~!"

"감사합니다."

김재훈의 노래가 끝나자 관객들의 엄청난 환호가 쏟아졌다.

그때, 무대의 조명이 꺼졌다. 관객석의 조명도 꺼져 있어 삽시간에 어둠이 깔렸다. 그리고 그 위에 반주와 함께 목소리가 흐르기 시작했다.

"알아~ 망설이지 않는다는 걸~ 멈췄던 우리 이야기를 ~"

특색 있는, 풍부하게 울리는 남자의 저음이었다. 이내 무대에 불이 들어오며 한 남자에게로 조명이 집중되었다.

가수, 세디였다.

"세디다!"

"꺄아아!"

남자들의 환호가 컸던 김재훈과 달리, 이번에는 여자들의 환호성이 컸다. 게다가 김재훈이 달궈놓은 열기가 있어 반응은 전보다 더욱 뜨거웠다. 그는 가볍게 손을 들어 관객들의 소리에 답하고는 눈을 감았다. 노래에 더 빠져들기 위함이었다.

"아아. 심장 떨려."

"내꺼 안 되나?"

"내꺼거든?"

이미 여자 관객들의 눈은 흔들리기 시작했다. 큰 키에 감미로운 목소리, 이준열은 여자라면 흔들릴 만한 매력의 가수였다.

그때, 남자 관객 중 몇몇이 노래를 듣고 반가움을 표했다.

"이거 Love Day 아냐?"

"여자도 나오겠네. 이거 혼성이잖아."

그들은 무대 여기저기를 살폈다. 그러나 이준열에게만 들어온 스포트라이트 탓에 다른 곳이 전혀 보이지 않았다. 그러나 그들은 포기하지 않고 실눈까지 뜨며 무대를 살폈다. 하지만 여자 치맛자락조차 발견하기 힘들었다.

"다시 시작할까요~ 우리들의 이야기를~"

몇몇 관객들이 듀엣 가수를 찾는 가운데, 이준열의 파트가 끝났다.

그때였다.

"알아요~ 난 혼자가 아니란 걸~ 힘들어 하지 말아요~~"

무대에 스포트라이트가 하나 더 켜지며, 한 여성을 비췄다. 그리고 콘티에 나온 '한주연'이 모습을 드러냈다. 몸에 살짝 붙는 원피스에 머리를 단아하게 내린 여성이었다. 그녀는 강아지상의 얼굴과 헤어스타일이 잘 어우러지며 계속 바라보고 싶은 매력을 풍기고 있었다.

여성을 찾던 남성 관객들은 여자를 발견하고 좋아 외치려고 했다. 그런데, 막상 여자를 보니 심장이 쿵쾅 뛰었다.

"에, 에디오스?!"

"저거 주연 아냐?!"

그들의 말에 관객들이 술렁이기 시작했다. 아니, 그들만이 아니었다. 모두가 웅성대기 시작했다. 에디오스의 주연이 나올 줄은 그야말로 상상도 하지 못했다.

"한주연이다!"

"진짜?! 헐! 대박!"

"야야! 손 내려! 안 보여!"

여성 관객들이 이준열의 목소리에 불타올랐다면, 남성 관객들은 한주연을 보고 넋을 놓았다. 전혀 상상도 못했던 두 사람의 조화는 무대를 화려하게 장식하기 시작했다.

"생각보다 조금~ 길어졌네요~ 우리 헤어졌던 시간~"

노래가 후렴에 접어들었다. 이준열의 목소리가 높이 올라가고, 한주연의 노래가 그의 소리를 든든하게 받쳐 주었다. 테너와 알토의 조합이었다. 이준열의 소리가 시원하게 뻗어 나갔고, 한주연의 소리는 점점 깊이를 더했다.

두 사람의 소리가 하나가 되어 사람들의 가슴에 파고들었다.

"이 겨울은 이렇게 따스한데~ 그대는~~"

노래가 후렴을 지나며 절정에 이르렀다. 그와 함께 이준열의 음이 최고조에 달했다. 높은음에도 흔들림 없는 그의 소리를 한주연은 튀지 않도록 부드럽게 감싸 안았다. 그 힘을 받은 것일까? 이미 자신만의 세계에 빠져든 이준열은 애드리브까지 넣으며 관객들을 휘어잡고 있었다.

"뚜루루루~~"

'아, 진짜.'

화려한 기교에 관객들은 열광했지만, 한주연은 속이 끓었다.

'말이라도 하지 좀!'

하지만 표정에는 전혀 드러나지 않았다. 그녀도 프로였다. 한주연은 이준열을 그윽하게 바라보며 애드리브에 맞춰 음색을 맞춰 나갔다. 그 노력이 빛을 발했는지 노래는 더더욱 맛깔나게 변했다.

"우와……."

남자가 펼치는 고음의 애드리브와 여자가 펼치는 저음의 부드러운 음색이 아름다운 하모니를 만들어냈다. 아름다운 하모니에 관객들은 눈을 반짝이며 입을 쩌억 벌렸다. 손을 들고 환호하는 건 기본이었다.

그렇게 노래는 이미 후반을 달려 절정을 넘어갔다.

"생각보다 조금~"

다시 후렴으로 돌아왔다.

그때, 치이익 하는 작은 소음과 함께 눈 스프레이가 허공을 수놓았다. 그와 함께 비눗방울이 하늘을 자유롭게 날았다. 루나스에 겨울의 하늘이 펼쳐졌다. 그에 맞춰 조명도 따뜻한 겨울을 만들어냈다.

강윤은 이준열과 한주연이 만들어 내는 은빛의 향연에 입가에 진한 미소를 지었다.

'이제 앞으로 어떻게 할지가 중요하겠군.'

이미 공연장에는 여러 대의 캠이 저들의 공연을 찍고 있었다. 강윤은 한주연과 이준열의 이 공연 영상을 어떻게 사용할지 고민했다.

"우리 이제~ 사랑해도~~"

"우리 이제~ 사랑해도~~"

음악이 천천히 느려졌다. 두 사람은 부드러운 표정으로 서로를 마주 보았다.

"사랑해도~ 될까요~~"

두 사람의 마지막 화음이 펼쳐졌다. 그와 함께 잔잔한 피아노 소리와 함께 노래가 마무리되었다.

"와아아아아아아아~!"

"감사합니다."

이준열과 한주연은 관객들에게 깊이 고개를 숙였다.

"이준열! 이준열!"

"한주연! 한주연!"

관객들의 환호가 공연장을 화려하게 장식했다. 관객들의 머리에는 하얀 스프레이 자국과 공연의 여운이 어려 있었다. 그 여운 탓인지 모두가 한목소리로 가수의 이름을 힘차게 외쳤다.

모두와 함께하는 크리스마스. 그 마지막을 장식하는 노래가 그렇게 마무리되었다. 그리고 두 사람은 그 중심에 선 주인공이 되었다.

"아아, 오늘 최고였어. 아직도 가슴이 떨려……."

"준열 오빠, 날 가져요……."

공연이 끝나고, 관객들은 저마다 만족감을 얻고 돌아갔다. 작은 공연장이라 처음에 반신반의했던 관객들조차도 예상치 못한 볼거리들이 펼쳐지자 행복해했다.

공연이 끝나고 1시간이 채 지나지 않아 한주연이라는 단어가 포털 사이트에 검색어 10위권에 진입했다. 뒤를 이어 한주연 공연, 한주연 크리스마스 공연 등 관련된 단어들이 줄을 이었다.

"부자가 망해도 3년은 간다는 말이 생각나네요."

잠시 휴대전화로 검색어를 확인한 이현지는 작게 탄성을 질렀다. 그녀는 비를 들고 공연장을 정리하는 중이었다. 강윤도 그녀의 옆에서 마포 걸레로 바닥을 청소하고 있었다.

"에디오스가 존재감이 희미해졌다 해도 몇 년 동안 최고 자리에 있던 그룹입니다. 한 번쯤은 관심이 안 갈 리가 없죠."

"그럴 만하네요. 생각해 보면 호기심 한 자락은 있었겠죠. 그 심리를 제대로 노린 거군요."

"맞습니다. 연예계에 무관심한 사람들도 익숙한 이름의

등장에 클릭 한 번은 해볼 겁니다. 그렇게 모두가 자연스럽게 알게 되겠죠. 관심이 있는 사람들은 관련 영상도 찾아볼 테고, 자연스레 대중에게 인식되는 겁니다."

"사장님이 공연 영상 찍는 걸 막지 않은 이유가 여기에 있었군요."

"굳이 우리가 다 하려고 할 필요는 없지요. 손은 많으니까요."

보통 유료 공연이라면 영상을 찍지 못하게 하는 경우가 많다. 하지만 강윤은 굳이 제지하지 않았다. 홍보를 위해서였다. 분명 저 많은 사람 중에 인터넷에 영상을 올리는 이가 나올 것이다.

이현지는 정혜진이 벌린 쓰레기봉투에 쓸어 담은 내용물들을 털어 넣었다. 정혜진이 궁금한 게 생겼는지 강윤에게 물었다.

"사장님, 오늘 저희가 찍은 영상은 어떻게 할까요?"

"그건 아리에스에 올리죠."

강윤은 에디오스 공식 팬클럽을 언급했다. 에디오스의 팬들이 많이 이탈하며 지금은 힘이 많이 빠진 팬클럽이었지만, 여전히 충성심 강한 팬들이 에디오스가 앨범을 들고 나오길 오매불망 기다리고 있었다.

"알겠습니다."

"팬클럽과의 일은 혜진 씨가 알아서 해주세요."

"네, 사장님. 에디오스 스케줄 알림이나 사진 등록 등을 하면 되는 거죠?"

"맞아요. 그리고 에디오스 애들한테 말해서 글도 등록하라 해야겠군요. 일단 공식 팬클럽부터 살려야 우리에게 힘이 생길 테니까요."

정혜진은 강윤의 지시를 휴대전화 메모장에 기록했다. 지시를 잘 하지 않는 강윤이라 직접 이야기하는 것들은 절대 어기면 안 된다는 생각에서 온 습관들이었다.

세 사람이 루나스 객석을 정리해나갈 때, 한주연을 비롯해 가수들이 무대 위 정리를 마치고 내려왔다.

"무대 정리 끝났어요."

이현아의 말에 강윤이 무대를 힐끔 바라봤다. 과연 무대는 깨끗해져 있었다.

"수고했어. 피곤할 텐데 가서……."

강윤이 말을 끝내기도 전에 가수 전원이 쓰레기봉투를 들고 바닥을 청소하기 시작했다. 그 예기치 못한 행동에 강윤은 당황했다.

"얘들아. 가서 쉬……."

"사장님이 일하는데 저희가 어떻게 쉬어요."

김재훈이 대표로 이야기했다. 다른 사람들도 동의하는지 고개를 끄덕였다.

"이 녀석들."

강윤은 피식 웃었다. 공연하느라 힘들었을 텐데. 괜스레 모두에게 미안해졌다.

한주연도 모두에게 섞여 마포 걸레로 바닥을 쓱싹 닦았다. 공연이 잘 마무리된 게 기분이 좋았는지 그녀는 콧노래까지 불렀다.

"월드는 분위기가 좋네요."

"오빠가 밥 사주면 더 좋을 듯?"

한주연의 말에 이현아가 눈을 반짝였다. 밥이라는 말에 모두의 눈이 강윤에게로 쏠렸다.

강윤은 가볍게 한숨을 쉬며 웃었다.

"……그래, 고기 먹으러 가자."

"만세!"

강윤의 선언에 가수와 스태프 전원이 만세를 불렀다. 그 말에 힘을 받았는지 뒷정리 속도에 힘이 붙었다.

분위기는 좋았지만, 이현지와 강윤은 그렇게 밝지만은 않았다.

"사장님. 공연장에 관리인 더 구해야겠어요."

"그래야겠습니다. 가수가 뒷정리까지 하다니. 이거 무리해서라도 구해야겠어요."

분위기는 좋았지만, 가수들이 노래 외의 노동을 하는 것이 결코 좋은 일이 아니었다. 강윤은 빨리 직원을 구해야겠다고 마음먹었다.

우리 사랑스런 팬 여러분 (Feat : 주여니~♡♡♡)

안녕하세요! 모두모두 방가방가 ㅋㅋㅋ

와~ 얼마 만에 인사드리는지 모르겠어여.

저 주여니예요. 이렇게 한국에 와서 인사드리는 게 얼마만인지……

너무 신기해요 진짜^^

설마…… 안 믿으시는 건 아니겠죠?

그러실까 봐 레어한 제 잠옷 셀카를 직접 찍어서 인증해요.(삼순 양 고맙네. 헤헤.)

여러분들의 큰 관심과 사랑 덕에…… 어제 저희 에디오스가 드뎌! 한국에 돌아왔습니다. 모두 기다려 주셔서 감사드려요.

팬 여러분들…… 그리고 저 주여니를 사랑해 주시는 모든 분들!

항상 생각하고 있어요ㅠㅠ 기억하고 있었구요.

여러분과 만날 날을 기대해요! *^^* 오래 안 걸릴 거예요…… 흠흠!

사랑합니다, 팬 분들 ♡♡

─주여니기다리다돔 : 으아아아아아아라먀페모패머래!

─제니보다삼순이 : 윗분 멘탈 나가셨답니다.

─주연이만바라본다 : 으흐흐흐흑…… 드디어, 드디어 여신님이 돌아오셨다!

–서유야오빠여깄어 : 오오. 드디어!

에디오스 팬클럽 아리에스의 공식 홈페이지.

그곳의 채팅방에 모처럼 활기가 돌았다. 에디오스의 멤버 한주연이 인사를 남긴 것이다. 그날 밤 10시. 공개 채팅방은 폭주했다.

–블링블링주연 : 새 소속사가 개념이 있나 보군요. 인사도 하게 만들고.

–*♡주연♡* : 이번에 홍대에서 공연한 거 보셨음?

–주연이리스해 : 그거 세디 신발놈하고 듀엣 한 거 아님? 노래 존잘.

–이창연연참해 : 그런 거 모르겠고, 걔들 컴백하던지 말던지 관심 없음.

이창연연참해 님의 강제추방 투표가 진행됩니다.

이창연연참해 님이 추방되었습니다.

–주연이만바라본다 : 하라는 연참은 안 하고…… 암튼 주연이 이번 듀엣 쩔어!

–블링블링주연 : 공연장이 소속사 거라더군요.

–닭둘기 : 그 소속사 사장이 에디오스를 기획한 사람이라는 말이 있어요. 그래서 에디오스도 MG에서 기꺼이 나왔다더군요.

–영원해에디오스 : 진짜요? 그 사장 의리파네요.

—닭둘기 : 팬클럽 운영진과도 접촉 중이라네요. 스케줄도 등록하고, 나중에 있을 팬미팅 초대장도 여기에만 뿌린다는 이야기가 있었어요.

—영원해에디오스 : 헐. 에디오스 팬들 몰려들겠네요. 얼마 남지도 않았는데 결집하는 건가.

모처럼 아리에스의 채팅창은 뜨겁게 달궈졌다. 월드엔터테인먼트, 한주연의 공연, 게다가 미래에 대한 이야기까지. 그들의 대화는 밤새도록 이어졌다.

♪ ♪♩♩ ♪♩♪♪♪ ♪

12월의 마지막 주.

연말 시상식이 있는 중요한 한 주였다.

김재훈은 공중파, 케이블 방송에서 모두 초청을 받았다. 4년 만의 컴백이었고, 이번 앨범이 엄청나게 잘된 탓이었다.

강윤의 집에서, 김재훈은 한창 노래 연습을 하고 있었다.

"나의 숨결과 향기가~ 네게 닿는다면~"

문을 닫아 놓으니 소음은 거의 없었다. 이미 그가 머무르는 방은 흡음 공사까지 되어 있었다. 따로 나가 살아도 됐지만, 김재훈은 강윤의 집에 계속 머무르는 것을 선택했다. 강윤의 곡 작업을 보며 배우기도 쉬웠고 회사에 대해 여러 가지 얘기들을 들을 수 있기 때문이었다.

강윤은 시상식 초대장을 보며 생각했다.

'시상식이라.'

강윤으로서도 드물게 마음이 설레었다. 사장으로서 첫 시상식이었다. 직접 가기는 힘들지 몰라도, 소속사 가수가 시상식에 가게 되다니, 감회가 새로웠다.

그래도 일은 일이었다. 모든 방송국에서 초대를 받았지만 이미 정해진 스케줄과 잘 조율해야 했다.

'케이블이라고 소홀하면 안 돼. 미래에는 더욱 커지는 게 케이블이니까. KS TV는 무조건 가도록 하고, 30일부터는 해외에 촬영을 가니…… 결국 OTS밖에 참석을 못 하는군.'

어차피 김재훈은 방송에 얼굴을 많이 비치는 가수도 아니었다. 강윤은 일정을 확정 짓고는 정혜진에게 파일을 전송했다.

이후 강윤은 김재훈과 함께 시상식에서 부를 노래를 편곡했다. 할당받은 시간은 8분. 결국, 2곡을 불러야 했다. 강윤은 이번 앨범 타이틀곡과 다른 한 곡은 3집 타이틀곡이 어떠냐고 물었다.

"저도 듀엣하면 안 될까요?"

"듀엣? 왜?"

"크리스마스 때 준열이 형 하는 거 보니까 해보고 싶어졌어요. 주연이 노래 잘하던데……."

강윤은 피식 웃었다. 한주연과 이준열의 무대는 그에게도 영향을 미쳤다. 이준열의 노래를 한주연이 든든히 받쳐 준 모습이 김재훈에게도 강한 인상을 남겼다. 파트너로 원할 만 했다.

하지만 강윤은 고개를 저었다.

"주연이 음색하고 네 목소리하고 그리 안 어울릴 것 같은데."

"그래요?"

강윤의 말에 김재훈은 시무룩해졌다. 증거를 보여주기 위해 강윤은 컴퓨터에서 한주연의 목소리를 불러왔다. 그리고 김재훈에게 불러보게 했다.

"언젠가~ 우리가 만나는~"

한 소절 불러보고는 김재훈은 노래를 멈춰 버렸다. 강윤도 AR을 껐다.

"형 말이 맞네요. 음색이 안 맞아요."

"그렇지?"

"준열이 형은 잘 어울리던데……. 저하고는 확실히 안 맞네요. 나도 듀엣하고 싶은데……."

김재훈의 아쉬워하는 말에 강윤은 그의 어깨에 손을 얹었다.

"이번에는 혼자 해보자. 다음에는 꼭 어울릴 만한 가수를 구해줄게."

"알았어요."

강윤이 허튼소리를 하는 사람이 아니라는 걸 잘 알았다. 김재훈은 수긍하고는 컴퓨터로 눈을 돌렸다.

편곡은 그리 오래 걸리지 않았다.

김재훈은 도깨비 방망이 두드리듯 뚝딱 나와 버린 반주를 들고 자신의 방으로 돌아갔다. 그의 방문이 닫히며, 미세하게 연습하는 소리가 들려왔다.

'하여간 연습벌레야.'

강윤은 흐뭇한 미소를 지었다.

3화
2011년의 끝

　김재훈이 연습을 시작하자, 강윤도 방으로 돌아가 컴퓨터를 켰다.

　'휴우. 아무나 구할 수도 없는 노릇이고⋯⋯.'

　크리스마스 공연 이후 가수들이 직접 의자를 나르고, 공연장을 쓸었던 기억이 생생히 남아 있었다. 가수들이 노래에만 집중하는 걸 모토로 삼은 강윤에게 이 일은 큰 충격이었다.

　강윤은 이현지가 구직 사이트에 등록한 '루나스 사원 모집 공고'를 보며 입맛을 다셨다. 많은 사람들이 지원을 했지만 마땅한 인재가 없었다. 타 업계보다 월급을 높게 잡아 지원자가 무척 많은 탓이었다. 3명을 뽑는데 지원자는 300명을 넘어가고 있었다.

　"스펙 좋네."

명문대에서 어문계열을 전공했다는 한 지원자의 이력서를 보며 강윤은 중얼거렸다. 그렇게 적합하다 생각하는 이들을 한 곳에 분류를 해놓고 계속 지원자들을 살폈다.

하지만 지원자가 너무 많았다. 강윤은 결국 100명쯤 넘기다 인터넷을 꺼버리고 말았다.

'인사관리가 제일 어렵다더니…….'

강윤은 한숨을 내쉬었다. 결국 이현지와 함께 보기로 마음먹고 강윤은 다른 곳으로 눈을 돌렸다.

그렇게 김재훈에 관련된 일을 해나가는데 핸드폰이 울렸다. 번호가 긴 것을 보니 미국에서 온 전화였다. 그곳에서 올 전화라고는 하나밖에 없었다.

"어, 희윤아."

─오빠.

동생의 반가운 목소리가 들려왔다. 강윤은 혹시나 김재훈에게 방해가 되지 않도록 전화를 들고 밖으로 나갔다.

"잘 있었어?"

─응. 오빠는?

마당 한구석에 앉아 동생에게 안부를 물었다. 곧 성적이 나와서 걱정이라는 말을 빼면 별일은 없다는 말을 들을 수 있었다. 강윤은 성적에 크게 연연하지는 않았다. 그에겐 희윤이 건강해진 것만으로도 기적 같은 일이라 큰 욕심이 없었다. 그런 동생이 엄청난 재능을 발휘해 작곡까지 하니, 그로선 하늘에 몇 번이나 절을 하고 싶은 심정이었다.

"방학에 한국으로 오니?"

－응. 성적표 나오면 갈게. 소속사 가수들도 만나보고 싶어.

희윤의 목소리에선 기대감이 어려 있었다. 하루라도 빨리 오고 싶다는 그녀의 말에 강윤은 반갑게 웃었다.

"알았어. 오빠가 돈 보내줄게. 표 끊어서 와."

－괜찮아. 나 돈 많아. 내가 끊어서 갈게.

"어허. 오빠가 해준다니까."

강윤과 희윤은 표 문제로 티격태격했다. 한참을 맞섰지만, 이번에는 희윤이 강윤을 이겼다. 저작권료로 돈도 많이 벌었는데 비행기표가 문제냐는 이유였다.

"……그래, 알았다. 오기 전에 연락해."

－알았어. 혹시 필요한 건 없어?

"면세점 담배."

－오빠, 싸우자는 거야?

서운하기라도 했는지, 강윤은 담배로 심통을 부렸다. 그러나 결국 그는 웃으며 통화를 마쳤다. 담배 끊으라는 잔소리를 끝으로 말이다.

'우리 희윤이 다 컸네.'

통화를 마치고, 강윤은 핸드폰을 바라보며 부드러운 미소를 지었다. 그 모습은 마치 딸자식이 커가는 모습에 대견해

하는 아버지와 같았다.

♪♪♪♪♪♪

연말의 방송국은 전쟁터를 방불케 했다.

각종 시상식은 물론이요, 연말 특집 프로그램에 이르기까지, 한 해를 마무리하는 방송국은 그야말로 활화산과 같았다.

그중 정점은 PD들이 모이는 회의실이었다.

"이런 신발샛길."

"선배, 왜 그러세요?"

"민진서 시상식 불참이래. 니미."

수염이 덥수룩한 PD가 핸드폰 문자를 보며 성질을 부렸다. 그의 직속 여자 후배가 부드럽게 묻자 그는 문자를 보여주며 인상을 구겼다.

"중국 촬영이 길어진다고 한국 시상식 참여는 힘들다네. 올해는 양해를 부탁드립니다? 니미. 본인도 아니고, 이사한테 직접 연락 왔어. 뭐 이런……."

"우와. 민진서가 다르긴 다르네요. 그게 더 대단한 거 아니에요? 그리고 MG 이사들은 머리 **빳빳**하기로 유명하잖아요. 민진서 관련된 일이니까 직접 연락한 걸까요?"

"그러겠지. MG 여왕님이잖아. 에이씨. 작년도 불참, 올해도…… 혹시나 하고 기대했는데. 신발…….”

기대가 무너진 탓인지 수염을 기른 PD의 구겨진 얼굴은 좀처럼 펴지지 않았다.

후배의 위로를 받는 그에게 동료 PD가 말했다.

“민진서 일은 아쉽게 됐어. 올해는 꼭 참석하고 싶다고 계속 말했다고 들었는데.”

“내 말이. 에휴. 하긴, 시상식은커녕 올해는 거의 중국에만 있었다니…… 야, 넌 어떠냐? 이번에 김재훈이 섭외했다며?”

“나야 좋지. 월드 사장 말야. 쿨하더라. 전화 한 번 하니까 바로 괜찮다네?”

아이돌이 주를 이루는 시상식에서 김재훈이라니. 연기대상을 담당하는 수염 PD는 가요대상 PD를 신기하게 바라봤다.

“김재훈이 방송을 OK했단 말야? 아이돌하고 방송 잘 안 한다 들었는데. 아무튼 너도 대단하다. 다른 소속사에서 뭐라 안 해?”

“이 정도 일로 뭐라 하면 그쪽이 뭐가 되겠어. 좀생이 되는 거지. 눈치나 보고 있겠지.”

“하긴. 그나저나 김재훈 정도 되는 가수가 나오면 아이돌들 부담이 상당할 텐데. 라이브는 꿈도 못 꿀걸?”

“그렇잖아도 태반이 립싱크야. 에이씨. 난 몰라. 김재훈이가 다 살리겠지."

"크큭. 재밌겠네."

후배 PD는 선배들의 대화를 들으며 고개를 갸웃할 따름이었다.

♪♩♪♩♪♩♪♩♪

에디오스의 팬카페 아리에스에 올라간 가수 세디와 한주연의 듀엣 영상은 엄청난 조회수를 기록했다. 최고 화질에 음질도 좋은 영상이었다. 공연장에 왔던 사람들이 가수 세디와 한주연의 듀엣영상을 촬영해 올렸지만, 동종의 영상 중 조회수가 가장 높았다.

영상의 덕을 봤는지 팬카페에 방문자 수가 기하급수적으로 늘기 시작했다. 에디오스가 미국에서 돌아온 이후, 연일 일일방문자 수를 갱신해 갔다.

정혜진은 강윤의 말대로 팬카페 방문자 수를 기록해 나갔다. 팬카페를 살리기 위한 모니터링의 일환이었다.

'갑자기 늘어나는 시점이 있을 거라더니, 정말이네?'

영상이 올라가고, 하루가 지나니 방문자 수가 폭증했다. 그와 함께 팬카페에 새로 가입하는 사람들의 숫자도 엄청나게 늘었다. 영상은 가입을 하지 않더라도 볼 수 있었지만, 그 영상에 반해 팬이 되는 사람들의 숫자도 상당했다.

영상이 팬카페의 홍보에 활용된 셈이었다.

"모니터링 해보니까 어때요?"

"이사님."

한창 팬카페의 글을 탐독하는데, 이현지가 그녀를 불렀다. 정혜진은 의자를 돌려 이현지에게 눈을 돌렸다.

"사람들 많이 늘었나요?"

"네. 3배는 늘었어요. 엄청나요."

정혜진이 놀라움을 감추지 못하고 외쳤지만 이현지는 가볍게 고개를 저었다.

"세 배라. 원래 팬클럽 인원수를 회복하려면 한참 멀었네요."

"에디오스였지 참……."

정혜진은 아차 싶었다. 팬들이 늘어나는 것에 놀랐지만, 생각해 보니 그들은 국내 최정상 걸그룹이었다. 회복을 넘어 증가세로 가려면 아직 갈 길이 멀었다.

이현지는 정혜진의 자리로 와서 모니터를 보더니 덤덤히 말했다.

"이 정도 수라면…… 나쁘진 않네요. 보고서 작성해서 올려주세요."

"네, 이사님."

정혜진은 힘차게 대답하고는 다시 팬카페로 눈을 돌렸다.

이현지는 구직 사이트를 열었다. 공연장 관리인과 사무담

당 구인광고에 적합한 인재를 선발하기 위함이었다. 그런데, 막상 구직 사이트에 들어가 이력서를 열람하니 스크롤이 끝없이 내려갔다.

'뭐야, 이건?'

선택의 폭이 넓긴 했지만, 이건 언제 다 볼지…….

이현지는 작게 한숨을 내쉬었다. 오늘도 야근 확정이었다.

두 사람이 각자 일에 전념하고 있을 때, 사무실 문이 열리며 강윤이 들어왔다.

"사장님."

"왔어요?"

두 사람은 손을 들어 그를 맞았다. 특히 이현지는 다크서클이 옅게 자리하고 있었다. 그걸 아는지 모르는지, 강윤은 인사를 하는 둥 마는 둥 하며 자신의 자리에서 뭔가를 뒤적이며 찾았다.

"지민이 기획서를 이쯤 넣어뒀는데…… 아."

강윤은 책상 깊숙이 숨겨둔 서류를 들고는 바로 사무실을 나섰다. 말 그대로 바람같이 사라졌다.

두 사람은 순식간에 비어버린 강윤의 빈자리를 멍하니 바라보았다.

"사장님이 나빴네요."

"동감입니다."

정혜진의 입에서 무심결에 나온 그 말에, 이현지는 강하게 공감했다.

모든 일을 가져다주는 원흉! 나쁜 놈!

자기도 모르게 나온 그 말이, 두 사람을 강하게 묶는 원동력이 될 줄은 아무도 몰랐다.

"왜 이렇게 귀가 가렵지."

강윤은 뭔가가 들려오는지 연신 귀를 긁어댔다. 그를 기다리고 있던 김지민이 의아해했다.

"왜 그러세요?"

"아냐. 누가 내 이야기하나?"

강윤은 연신 귀를 긁적이더니 곧 손을 털어냈다. 그리고 김지민에게 서류를 내밀었다.

"아까 말했던 네 기획서야. 봐봐."

김지민은 자신에 대한 기획서라는 말에 침을 꿀꺽 삼켰다. 그녀는 긴장된 얼굴로 기획서를 살펴나갔다.

"데뷔는 설 지난 다음에 하자."

"설 지나고요?!"

데뷔 일정이 나오자 김지민은 심장을 거세게 얻어맞은 듯한 충격을 받았다. 얼핏 시기를 듣기는 했지만 구체적으로 일정을 들으니 긴장감이 몸을 엄습했다.

"왜? 너무 일러?"

"아니, 그게…… 에디오스 언니들도 있고…….."

김지민은 망설이는 모습이었다. 그러나 강윤은 강하게 밀어붙였다.

"걔들은 걔들이고 너는 너지. 3월에 있을 민아 솔로 앨범 때문에 그러는 것 같은데, 민아와 너는 컨셉이 완전히 달라서 상관없어. 빠르면 2월 초, 늦어도 2월 말에 데뷔한다고 생각해."

기획서를 읽은 김지민의 눈은 연신 흔들렸다. 원래 보고용으로 딱딱하게 만들어지는 기획서였지만 그녀의 손에 들린 기획서는 고등학생인 그녀도 쉽게 읽을 수 있도록 쉽게 쓰여 있었다.

김지민은 기획서를 다 읽고도 불안감을 감추지 못했다.

"저 준비한 지 1년도 안 된 것 같은데……."

보통 연습생들이 3년 이상을 준비해서 데뷔한다. 그런데 벌써 데뷔라니. 준비기간이 너무 짧아 문제가 생기는 것은 아닌지, 그녀는 걱정되었다.

그러나 강윤은 그녀의 마음을 아는지 확신 어린 어조로 말했다.

"지민아. 설마 우리가 준비도 안 된 연습생을 내보내겠어?"

"아니요."

김지민은 강하게 고개를 흔들었다.

그녀는 월드엔터테인먼트의 여러 가지 모습을 보았다. 큰 기획사에서 거부했다는 하얀달빛을 받아들여 공연장까지 만들었고, 제이 한이라는 가수의 노래를 만들어 우승도 시켰으며 어느 날은 김재훈이라는 긴 공백의 가수를 부활시켜 대중 앞에 내놓았다. 말도 안 되는 일이 이곳, 월드엔터테인먼트에서 일어났다. 기적 같은 일들의 연속이었다.

강윤은 차분히 말했다.

"이제 최 교수님한테서 SLS 발성도 거의 다 배웠다고 들었어. 가수 생활을 하면서 더 깊은 과정에도 들어가야겠지만, 이전처럼 일주일에 몇 번 씩이나 들을 필요는 없을 거야. 나쁜 버릇이 없어 익히는 게 빨랐다고 들었어. 준비하느라 수고했어."

"선생님……."

수고했다는 말 한마디가 가슴을 저미게 만들었다. 강윤에게 스카웃되고, 준비하던 과정들이 머릿속을 주욱 지나갔다. 이제 그 시간을 넘어 나갈 시간이었다.

그렇게 데뷔 일정을 확정하고, 컨셉에 대한 이야기로 화제가 전환되었다.

"장르는 포크로 할까 해."

"포크요? 설마 80년대 같은?"

김지민의 물음에 강윤은 고개를 저었다.

"설마. 그때같이 불렀다간 대번에 아웃이겠지. 미국을 보면 모던한 포크송들이 굉장히 많아. 타이틀곡을 그렇게 해볼까 해."

"괜찮을까요? 포크송이라면…….."

"곡이 나오면 알게 될 거야. 절대 실망 안 할걸?"

강윤의 강한 자신감에 그녀는 일단 알겠다며 고개를 끄덕였다. 그는 계속 말을 이었다.

"그리고 기타를 칠 줄 안다는 건 그것 자체가 하나의 퍼포먼스와 같아. 방송무대에서도 세팅을 빠르게 할 수 있다는 장점이 있지. 하지만 자주 보여주면 재미없으니까 가끔 보여주도록 하자."

"네. 데뷔 무대에서는 기타를 써야겠네요?"

"아니."

강윤의 말에 그녀는 의외라는 듯 동공이 커졌다.

"데뷔에서 임펙트가 있어야 사람들이 볼 텐데…….."

"처음부터 다 보여주진 말자. 너는 길게 갈 거니까."

"네."

이후 강윤은 여러 가지 이야기를 했다. 곡에 대한 이야기를 비롯해 앞으로 어떤 무대를 원하는지 등 많은 이야기들이 오갔다. 김지민으로선 강윤과 이런 이야기를 하는 자신이 신기했다. 벌써부터 진짜 가수라도 된 기분이었다.

그렇게 이야기를 하다, 작곡가에 대한 이야기가 나왔다.

"이번에 회사 전속 작곡가가 올 거야."

"아, 그 희윤 언니요?"

전속 작곡가라는 말에 김지민의 눈에 호기심이 진하게 어렸다.

"방학 끝날 때까지 어디 가진 않을 거야. 이번에 네 앨범에 집중하게 할 테니까 많이 배웠으면 좋겠어."

"네!"

김지민은 기대감에 찬 목소리로 외쳤다.

김재훈을 비롯해 하얀달빛에 다이아틴까지, 만드는 곡마다 히트곡들을 만들어 낸 대단한 작곡가가 자신의 앨범에 집중한다니. 그녀로서는 이 모든 상황이 꿈만 같았다.

12월 31일.

한 해의 마지막 날이며 모든 것을 결산하는 날이었다. 그리고 OTS 방송국에서 진행하는 연말 가요대전이 있는 날이기도 했다.

강윤은 이현지와 함께 회사에서 TV로 가요대전을 시청하고 있었다.

"확실히 걸그룹이 많네요. 남자 그룹도 많고."

1부가 끝나고 2부도 중반을 넘어가고 있었다. 이현지는 1부 대부분을 장식한 걸그룹과 남자 그룹들의 퍼포먼스를 보며 여러 가지를 평했다. 그중 하나가 '가요계의 표준화'였다.

강윤도 그녀와 크게 다르지 않았다.

"걸그룹이 확실히 대부분이네요. 그중 저들은 잘나가는 축에 속한다 봐야 할 겁니다. 밑에 깔려 있는 가수들이 70%는 될 테고……."

"그냥 앨범 하나 턱 내고 행사로 돈이나 벌자하는 사업마인드를 가진 소속사들이 많아요. 잘되면 좋고, 안되면 말고. 이런 식이죠. 휴우. 한편으론 안쓰럽네요. 저들 중 내년에 저기 오를 애들이 몇이나 될지……."

강윤은 이현지의 말에 공감했다.

"맞습니다. 이젠 한번 성공한다고 전부가 아닙니다. 무서운 시대죠. 이젠 한 번 뜨는 것만이 전부가 아닌 시대가 된거죠."

"어렵네요. 에디오스도 저 판에 뛰어들어야 하는데 걱정되는군요."

이현지가 걱정할 만했다. 어찌 보면 더 불리한 조건이었다. 그러나 거기에 대해 강윤은 강한 어조로 이야기했다.

"이제 다른 모습을 보여야 할 때죠. 기존처럼 남성팬만 잡으며 오빠를 외친다면 가능성이 없습니다. 공감을 살 수 있도록 모두를 잡아야 한다 생각합니다."

"그럴 전략이 있나요?"

"기반을 다져가야죠. 단기간에 될 일은 아닙니다."

열띤 토론이 벌어지는 중에 TV에서 김재훈이 거론되었다. 두 사람의 시선이 일제히 TV로 집중되었다. 우수상 후보 영상이었다. TV에서는 김재훈의 몇 안 되는 방송 영상과 함께 다른 그룹가수 둘의 영상이 함께 나오고 있었다.

-우수상 시상 후보 3팀을 만나보셨습니다. 그럼 발표하겠습니다. 우수상…….

드럼소리와 함께 TV에서 두두거리며 드럼 치는 소리가 들려왔다.

그와 함께 강윤도 이현지도 침을 꼴깍 삼켰다.

-우수상! 김재훈 씨! 축하드립니다!

팡파르가 터지며, 무대 의상을 입은 김재훈이 약간은 상기된 얼굴로 무대로 걸어 나갔다. 그는 부드러운 미소와 함께 꽃과 트로피를 받아 들고는 마이크 앞에 섰다.

-우선은 이렇게 큰 상을 주셔서 감사합니다. 저를 사랑해 주시는 팬 분들, 그리고 함께 동고동락하는 소속사 식구들, 매일같이 고생하는 대현이 형, 그리고 우리 부모님께 진심으로 감사드립니다. 마지막으로 좋은 곡으로 기회를 만들어 준 뮤즈와 4년 만에 다시 노래하게 해준…… 아, 죄송합니다. 눈물이 나네요. 이 자리에 세워주신 우리 사장 형님…… 정말, 정말 감사드립니다.

김재훈은 갑자기 손에 든 걸 모두 내려놓고 카메라를 향해 큰절을 했다. 사람들 모두가 크게 놀랐지만, 그는 개의치 않고 다시 일어났다.

-앞으로 좋은 음악으로 답하는 그런 가수가 되겠습니다.

사랑하고, 감사합니다!

TV에서 박수가 터져 나왔다. 김재훈의 큰절을 본 강윤은 얼떨떨해졌다. 저건 분명 자신에게 한 큰절이었다. 옆에서 이현지가 감동했는지 눈을 빛냈다.

"사장님, 멋있네요. 저런 가수한테 공개적으로 큰절도 받고."

"인터넷에 엄청 뜨겠네요."

"하하하. 그게 문젠가요? 이야, 재훈 씨한테 저런 상남자 같은 면이 있을 줄은 몰랐는걸요? 남자들의 우정이란 정말 멋져요. 반하겠는걸요?"

이현지는 연신 강윤을 부러운 눈으로 바라봤다. 여론에도 아랑곳하지 않는 멋들어진 우정이 그녀의 가슴을 두근거리게 만들었다.

"10분이면 기사가 크게 나겠네요. 타이틀은 어떻게 올라올까요? 김재훈, 사나이의 큰절?"

"오글거립니다."

"하하하."

이현지의 웃음에 강윤은 난감한 듯 볼을 긁적였다.

따뜻한 훈풍과 함께 월드엔터테인먼트의 2011년은 그렇게 저물어가고 있었다.

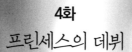

4화
프린세스의 데뷔

"……신정을 회사에서 보낼 줄은 꿈에도 몰랐네요."

이현지는 회사를 나서며 기나긴 한숨을 내쉬었다. 올해의 마지막을 회사에서 보내게 될 줄은 꿈에도 생각하지 못했다.

"집에서 쉬셔도 됐는데……."

"그래도 우리 가수가 상을 받는데 회사에 있어야죠."

강윤은 집에서 봐도 됐다며 이야기하려다 관뒀다. 더 이야기하면 뭔가 날아올 것만 같았다. 사실, 말은 그렇게 해도 이현지가 회사 생각을 많이 한다는 걸 잘 알았다. 그녀에게 미안하고, 고마웠다.

술 한잔 어떠냐는 강윤의 제의를 사양하고, 이현지는 빨간 스포츠카에 올랐다.

"이젠 나이가 들어서 피곤하네요. 그럼 모레 봐요."

"네. 새해 복 많이 받으세요."

그녀는 내일 만큼은 절대 전화하지 말라고 신신당부를 남기고 떠나갔다.

"원래 전화 잘 안 했는데."

강윤은 어깨를 으쓱였다. 알아서 일을 척척 하는 이현지라 전화를 할 필요도 없는 사람이었다.

그녀가 귀가하고, 강윤은 지나가는 택시를 잡았다.

"XX성당까지 가주세요."

택시는 집으로 향했다.

연말의 거리는 사람들로 빼곡했다. 사람들 사이로 'My Sweety Darling'이 흐르고 있었다. 강윤이 탄 택시는 신호를 받아 그 거리 옆을 지나고 있었다.

'이 곡 인기는 오래도 가는구나.'

강윤은 노래의 주인공, 다이아틴을 떠올렸다. 오늘, 다이아틴은 대상을 받았다. 이제는 명실공히 대한민국 최고의 가수가 된 것이다. 다이아틴의 리더 강세경이 울먹이며 시상소감도 제대로 말하지 못하는 모습이 아직도 눈에 선했다.

"저 노래는 아직도 나오네."

"아시나요?"

강윤의 물음에 택시 기사는 주차 브레이크를 올리며 말했다.

"다이아…… 뭐더라? 아무튼 걔들 노래인 건 압니다. 걔들 춤이 좋았죠. 노래도 듣기 좋고."

"그렇죠. 노래도 괜찮고."

강윤은 맞장구를 쳤다. 이번 다이아틴의 노래에 대한 평이 굉장히 좋았다. 40대 중반은 되어 보이는 택시 기사에게 걸그룹 노래가 좋다는 말을 들으니 기분이 새로웠다.

'에디오스 애들도 저런 평을 들을 수 있게 해야겠어.'

택시 기사와 이야기하며, 강윤은 그렇게 다짐했다.

신호가 바뀌고, 택시는 다시 출발했다. 그리고 얼마 지나지 않아 한강 다리에 진입했다. 아름답게 펼쳐진 한강의 야경이 강윤을 반겨주었다.

'올해는 여러 가지 일들이 있을 거야. 지민이 데뷔에 에디오스, 하얀달빛도 인디에서 메이저로 진출해야 하고……. 본격적으로 도약을 할 시기야.'

2012년.

새롭게 시작되는 한 해에 대한 기대감이 강윤을 설레게 만들었다. 강물에 비친 형형색색의 불빛들이 그의 앞날을 축복해 주었다.

새해 첫날.

휴일이었지만 강윤은 아침 일찍 일어났다. 그리고 서울의 가장 큰 병원이라는 S병원으로 향했다. 그곳에서 그는 아무나 드나들 수 없다는 VIP 입원실로 향했다.

"어서 오게."

노크를 하고 문을 여니 원진문 회장이 힘겹게 일어나 강윤을 반겨주었다. 강윤은 그에게 다가가 손을 굳게 잡았다.

"오랜만에 뵙습니다."

"사업 때문에 바쁘잖나. 가을에 왔으면 됐지. 여기가 뭐 좋은 곳이라고."

원진문 회장은 쓸쓸한 표정을 지었다.

이현지로부터 간간이 월드엔터테인먼트에 대한 이야기를 듣고 있었다. 한창 성장하는 사업체의 사장이 얼마나 바쁜지를 잘 알고 있었다. 이렇게 분기별로 찾아와주는 것만으로도 그는 감사했다. 이제 MG 소속은 아니지만, 자신이 발탁한 사람이 성장해 가는 모습이 그에게 또 다른 즐거움을 안겨주고 있었다.

강윤은 옆에서 과일을 깎았다. 원진문 회장이 징그럽다며 사양했지만 싫지는 않은 기색이었다.

"몸은 괜찮으십니까?"

"괜찮다고 하고 싶지만……. 퇴원 일자가 잡히질 않는군. 에잉. 건강이 최고라는 말을 이제야 실감하고 있네. 언제까지 여기 처박혀 있어야 하는 건지. 답답하기 그지 없구만."

원진문 회장은 건강할 때 신경 쓰라며 강윤에게 신신당부했다. 그러면서 담배와 술은 적이라는 것도 강조했다. 아버지 같은 말에 강윤은 고개를 끄덕였다.

여러 가지 말들이 오갔다. 회사에 대한 이야기도, 사생활 이야기도 있었다. 뒷방 늙은이 신세가 된 그로선 강윤에게 듣는 밖의 이야기는 큰 즐거움이었다. 이현지와는 또 다른 관점에서 듣는 월드엔터테인먼트의 이야기는 그를 다시 한 번 놀라게 했다.

다음 화제는 주아와 민진서였다.

"주아나 진서는 만나봤나?"

"주아는 가끔 만나고, 진서는……. 한국에 와서 본 적이 없네요. 보고 싶은데……."

"보기 쉽진 않을 거야. 여신님을 영접하는 건 인간이 쉽게 할 수 있는 일은 아니지."

여신이라는 말에 강윤은 그저 웃을 따름이었다. 민진서라면 충분히 그럴 말을 들을 만했다. 포털에서 민진서를 검색해 보면 여신이라는 단어를 심심치 않게 찾아볼 수 있었으니 말이다. 아직 어린 나이임에도 여동생이라는 말보다 여신이라는 말을 더 많이 볼 수 있었다.

원진문 회장은 민진서에 대해 더 이야기를 하지 않았다. 아니, 못 했다. 사실 그리 아는 것이 없었다. 그저 중국에 있다는 이야기만 알고 있을 뿐, 중요한 정보들은 차단된 상태였다.

민진서 이후의 화제는 에디오스였다. 원진문 회장은 에디오스가 월드엔터테인먼트와 계약한 이야기를 듣고 복잡한 심경을 감추지 못했다.

"기사로 접했을 때는 이게 무슨 일인가 했지. 멍청한 작자들. 에디오스가 몇 년을 보고 만든 애들인데 그걸 이렇게 놓치다니. 아니, 차라리 그게 나을지도 모르지. 그 애들을 위해서나 회사를 위해서나."

강윤도 원진문 회장의 얼굴을 보며 씁쓸한 표정을 지었다. 잘못한 것은 없었다. 그러나 기분이 복잡했다.

강윤의 기분을 알았는지 원진문 회장은 그의 어깨에 손을 얹었다.

"자네는 자네의 길을 가면 되네. 덕분에 에디오스가 갈 길을 찾지 않았나."

"회장님."

"언젠가 술자리에서 자네가 이렇게 이야기 했었지. 노래하고 싶은 사람이 노래할 수 있게 해주고 싶다고."

강윤은 고개를 끄덕였다. 민진서를 데뷔시키기 위한 타협을 할 때 한 말이었다. 그는 그 말을 아직도 기억하고 있었다.

"초심을 지키기란 쉽지 않아. 자네는 그 마음을 잊지 말고 끝까지 갔으면 좋겠어. 비록 우리의 길은 달라도, 자네의 길에 행운이 가득하길 응원하겠네."

강윤은 원진문 회장의 손을 양손으로 맞잡았다. 업계의 큰 어른에 대한 존경의 표시였다.

새해 첫날, 원진문 회장의 그 덕담 한마디는 강윤에게 큰 힘이 되었다.

[포털 사이트 인기검색어]

1. 김재훈 큰절

2. 김재훈

3. 김재훈 사장 형님

4. 이창연 사기꾼설

5. 군만두

"땅바닥에 절이라니. 전략 참 품위 없네."

강시명 사장은 포털 사이트의 인기검색어들을 보며 혀를 찼다.

지금까지 시상식에서 감사하다는 소감은 많았다. 그러나 바닥에 엎드려 절까지 하는 이는 없었다. 강시명 사장에겐 이 모든 게 소속사나 자신을 띄우기 위한 하나의 퍼포먼스로 보일 뿐이었다.

"윤 비서."

인터폰으로 비서를 호출한 강시명 사장은 냉커피를 요청했다. 답답한 속을 뚫어줄 뭔가가 필요했다. 곧 여비서가 시원한 커피를 가져왔다. 겨울이었지만, 얼음이 동동 띄워진 커피는 속을 시원하게 달래주기에 충분했다.

"고마워요."

커피를 마시며 강시명 사장은 댓글들을 살폈다.

–김재훈 완전 존멋. 폭풍감동 중……ㅠㅠ

–우수상으론 부족하다. 이번 앨범 대상감 아님?

–남자의 의리를 볼 수 있어 좋았어요.

–빌리 형님 만세!

–본격 핑크핑크사랑고백설. JPEG

–혹시 금단의 사…… 사…… 죄송합니다.

–기획사들, 보고 있나?

가수와 기획사의 갈등이 심심치 않게 올라오는 요즘, 보기 힘든 미담이라며 감동하는 댓글들이 주를 이루고 있었다. ……위험한 소수의견도 약간 있었지만.

강시명 사장은 인터넷 뉴스를 끄고 서류를 펼쳤다. 루나스에 대한 서류였다.

'연말 크리스마스 공연 이후 예약이 더 늘었다고? 다른 공연장에 비해 비싼 비용에도 시설과 홍보가 확실해서 프리미

엄이라 생각해 기꺼이 투자를 한다?!'

끓는 속에 기름을 붓는 그 결과에 그는 기가 차 욕설을 내뱉었다.

"야이, 씨!"

강시명 사장은 홧김에 서류를 집어던지고 말았다.

홍대 공연장들에 지원비를 내주는 게 허사가 되어가고 있었다. 루나스는 점점 프리미엄이 붙어가며 공연 예약이 늘어가고 있었고, 다른 공연장은 지원비만 챙기는 형국이었다.

"......으으으......!"

강시명 사장은 온몸을 부들부들 떨어댔다. 뭔가 커질 것 같아 싹을 밟아보려 했다가, 되레 손해만 보고 있었다.

Incheon International Airport.

LAX-ICN.

'나올 때가 됐는데.'

강윤은 출국장 앞을 서성이며 동생을 기다리는 중이었다. 그의 앞으로 방금 한국에 막 도착한 사람들이 무거운 짐들을 끌며 폭포수같이 쏟아져 나왔다.

한 무리가 거의 지나갈 즈음, 저 끝에서 손을 흔드는 여인의 모습이 눈에 들어왔다.

"오빠!"

동생 희윤이었다. 그녀는 강윤을 보자마자 다다다 소리를
내며 달려와 안겨들었다. 강윤은 약간은 묵직해진 무게감에
도 견디며 그녀를 안아주었다.

"잘 지냈어?"

"나야 잘 지냈지. 오빠는?"

근 한 달 만의 해후였지만 남매의 재회는 애틋했다. 특히
희연은 강윤을 놓아주기 싫었는지 그에게 팔짱을 꼭 끼었다.

그때, 그들 곁으로 한 금발머리의 여인이 다가왔다. 강윤
의 친구냐는 물음에 희윤은 고개를 끄덕였다.

"인사해. 내 친구 레이나야."

강윤은 동생의 친구라는 말에 반가움을 표했다. 희윤이 주
아 외에 친구라고 소개해 주는 경우는 처음이었다.

"반가워요. 이강윤이라 합니다."

"안녕하요. 레이나 박이요. 잘 부탁해."

그 이상한 한국어에 희윤이 이유를 설명해 주었다.

"레이나가 교포 3세거든. 한국말이 서툴러. 이해해 줘."

짧은 소개를 마치고 강윤은 여인들을 차로 이끌었다. 동생
일행이 온다며 이현지가 차를 빌려주었다. 사장이 없어 보이
게 차도 없다며 타박을 들었지만 말이다.

집으로 향하며 강윤은 희윤, 레이나와 여러 가지 이야기를

했다. 강윤은 레이나에게 집에 김재훈이라는 가수도 머무르고 있다며 불편하다면 다른 숙소를 알아봐 주겠다고 이야기했다. 하지만 레이나는 게스트하우스에 머무르는 기분이라며 오히려 좋아했다.

집에 도착했다. 강윤은 두 여인에게 자신의 방을 내어 주었다. 희윤은 미안하다며 게스트하우스라도 잡겠다고 했지만, 강윤은 집 놔두고 어딜 가냐며 말렸다.

두 사람이 짐을 푸는 것을 보고, 강윤은 집을 나섰다. 그때 옷을 갈아입은 희윤이 강윤을 붙잡았다.

"오빠. 나도 회사 가도 될까?"

"회사에? 피곤하지 않아?"

"괜찮아. 비행기에서 많이 잤거든."

피곤하지도 않은지 희윤은 조금이라도 빨리 자신의 곡을 노래한 가수들을 만나고 싶었다. 강윤도 그 마음을 알았는지 더 말하지 않았다. 그러자 친구 레이나도 따라나섰다.

세 사람은 다시 회사로 향했다.

사무실에 가니 이현지와 정혜진이 그들을 맞아주었다.

"잘 바래다주고 왔…… 아."

이현지는 강윤의 뒤를 따라 들어오는 이희윤을 보곤 자리에서 일어났다. 희윤을 보니 강윤의 동생이라는 걸 대번에 알 수 있었다. 닮진 않았어도 묘하게 분위기가 비슷했다.

"안녕하세요? 이희윤입니다."

"안녕하세요. 이현지예요. 오빠한테서 말 많이 들었어요."

월드엔터테인먼트의 중역으로서, 두 사람은 처음 만났다. 심지어 이현지가 미국에 갔을 때도 희윤을 만난 적이 없었다. 그럼에도 두 사람은 초면이 아닌 듯 대화에 막힘이 없었다.

"완전 미인이세요. 우와."

"고마워요. 희윤 씨도 날씬하고, 예쁘네요."

"감사합니다."

이어 레이나와 정혜진까지 인사하고, 여자들만의 수다에 들어가니 사무실은 삽시간에 떠들썩해졌다.

여자들의 수다에서 소외된 강윤은 잠시 그들에게서 멀어져 자리에 앉았다.

'금방 친해지네.'

이현지의 주도하에 모두가 이야기꽃을 피웠다. 금방 언니 언니 하더니 친해지는 것도 순식간이었다. 그녀의 리더십이 보이는 순간이었다.

그때 똑똑 문 두드리는 소리와 함께 김지민이 들어왔다. 그녀는 사무실 사람들 외에 다른 사람들을 보자 놀랐는지 눈이 동그래졌다. 이내 희윤이 뮤즈의 작곡가이자 강윤의 여동생이라는 걸 알게 되었다.

"에엑?!"

곧 사무실에 천장을 찌르는 듯한 고음이 울려 퍼졌다. 그

풍부한 성량에 모두가 낄낄대며 웃었다.

수다가 넘치는 사무실에서, 여인들은 그렇게 친해져갔다.

전속 작곡가 뮤즈의 일원이자 자신의 여동생인 희윤을 소개하기 위해, 강윤은 월드엔터테인먼트의 사람들 전원을 호출했다. 완공된 지 얼마 안 된 연습실에서 연습을 시작한 에디오스부터 항상 그렇듯, 연습실에서 연습에 전념하던 하얀 달빛과 막 복귀한 김재훈까지 전원이 지하 스튜디오에 집합했다.

희윤은 크리스티 안을 보며 손을 살짝 흔들고는 모두의 앞에 섰다.

"안녕하세요. 이희윤입니다. 뮤즈에서 작곡을 맡고 있어요. 앞으로도 노력할 테니까 잘 부탁드려요."

모두에게서 물개박수가 터져 나왔다. 특히 남자들의 박수 소리가 컸다. 김재훈이나 김진대, 정찬규는 하얀 피부를 가진, 지켜주고 싶은 이미지를 풍기는 이희윤을 격하게 환영했다.

소개가 끝나자 강윤은 사람들을 둘러보며 말했다.

"당분간은 한국에 있을 거니까, 이야기들 많이 했으면 좋겠어. 특히 지민이나 에디오스. 알았지?"

"네."

희윤이 왔으니 강윤은 오늘 회식을 하자고 제의했다. 갑작스럽지만 회식 선언은 모두를 춤추게 만들었다. 이어 2차, 3차는 무엇을 할지에 대한 열띤 토론도 벌어졌다.

'여기 재밌는 곳이구나.'

희윤은 월드엔터테인먼트의 활기찬 분위기에 조금씩 녹아들기 시작했다.

에디오스가 월드엔터테인먼트와 계약한 지도 한 달이라는 시간이 흘러갔다.

강윤은 한주연과 이준열의 듀엣 이전에 에디오스 멤버 전원을 그들의 집으로 귀가시켰다. 오랜 미국생활로 멤버들 모두가 정신적으로 피폐해졌다는 것을 느꼈기 때문이었다. 심지어 주가 다른 탓에 귀가가 요원했던 크리스티 안에게는 티켓까지 들려주었다. 그 세심한 배려에 멤버들은 역시 강윤은 다르다며 엄지손가락을 치켜들었다.

이후, 먼저 복귀한 한주연이 크리스마스 공연에서 좋은 모습을 보였다. 그리고 에디오스 멤버들이 돌아오니 그들에게 루나스에 지어진 연습실과 숙소가 주어졌다. 비록 MG엔터테인먼트 시절의 거대한 시설들에 비할 바는 아니었지만 깔끔하면서 실용적이었다. 이에 모든 멤버들은 만족했다.

새해.

숙소에서 맞이한 이른 아침이었다. 오늘도 변함없이 서한유는 멤버들 중 가장 일찍 눈을 떴다.

"후아암……."

그녀는 길게 하품을 하며 이불을 빠져나왔다.

"언니는 여전하네."

그녀 옆에는 크리스티 안이 험한 모습으로 이불을 걷어차곤 입을 벌리고 있었다. 서한유는 외모와는 어울리지 않게 험하게 잠을 자는 언니를 위해 자연스럽게 이불을 덮어주었다. 그러자 크리스티 안은 귀신같이 이불을 둘둘 말아 침대 끝으로 몸을 돌렸다.

"……으으음."

꿈나라에서 나올 생각이 없는 크리스티 안을 뒤로하고, 서한유는 까치발을 딛고 거실로 나섰다.

그곳에는 정민아가 졸린 눈을 비비며 몸을 풀고 있었다.

"언니, 일어났어요?"

"응. 우리 막내도 잘 잤어?"

정민아는 평소와 같이 서한유를 붙잡고 스트레칭에 들어갔다. 두 사람은 서로의 몸을 잡고 양옆으로 허리를 굽혔다. 서로 호흡을 많이 맞춰 와서 동작은 능숙했다.

"잠자리 불편한 건 없었어?"

"네. 따뜻했어요. 춥지도 않고. 집이 오래됐다 해서 조금 걱정했는데, 기우였나 봐요."

"아저씨가 마련한 숙소잖아. 그럴 일이 있을까?"

갖가지 스트레칭 동작을 하며, 정민아는 많은 이야기를 했다. 특히 그녀는 새 소속사가 마음에 들었는지 새 소속사에 대한 강한 신뢰를 드러냈다. 서한유도 이전보다 편안해진 환경이 마음에 들었다.

"하긴, 아저씨라면야…… 여기 연습실도 좋아요. 아담하고, 실용적이고. 전 MG 때랑 큰 차이가 안 느껴져요."

"난 마음이 편안해. 아저씨라면 분명 좋은 계획이 있을 거야. 주연이만 봐도 그렇지. 저번 공연도 반응이 좋았잖아. 곧 삼순이도 방송할 거라 하고. 한유도 곧 이야기 나오겠지?"

"그러…… 겠죠?"

서한유는 기대감을 드러냈다. 욕심이 없다면 거짓말이었다. 정민아도 그 마음을 알았다. 그녀는 막내의 양손을 꼬옥 잡았다.

"기다려 봐. 분명히 뭔가가 있을 거야."

"네, 언니."

서한유의 팔을 늘려주며, 정민아는 희망을 심어주었다. 서한유도 리더의 말을 듣고는 한 자락의 기대를 품었다.

월드엔터테인먼트의 기획회의.

희윤이 한국에 온 이후 열린 첫 기획회의였다. 처음 참석하는 기획회의에 희윤은 설레는 마음을 감추지 못했다.

　하지만, 다른 생각과 부딪치는 과정은 생각만큼 쉽지 않았다.

　"컨트리?"

　"처음에 포크라 하지 않았나요? 그래서 포크가 어울리게 코드 진행을 한 건데⋯⋯."

　포크와 컨트리는 같은 블루스에서 파생된 장르였지만 색깔이 다른 음악이었다. 희윤은 갑자기 곡의 장르가 컨트리로 바뀐 것에 대한 의문을 표했다. 작곡가로서 당연한 의문이었다.

　강윤은 공적인 자리라고 존중해야 한다며 존대어를 사용하는 희윤에게 이유를 설명했다.

　"아무래도 지민이 목소리가 컨트리와 더 어울릴 것 같아. 지민이의 힘 있는 목소리를 포크의 부드러운 소리로 담는 것보다 컨트리로 조금 더 리드미컬하게 받는 게 나을 것 같아서 말야."

　가수의 목소리와 장르가 어울리지 않는다. 결국 이유는 이것이었다.

　희윤은 잠시 생각하더니 말했다.

　"알았어요. 반영할게요. 그 전에 저도 지민이의 목소리를 들어보고 싶어요. 그래야 어떻게 작곡을 할지 감을 잡을 수 있을 것 같아요."

강윤이 김지민에게 눈짓을 보내자, 그녀가 자리에서 일어났다. 곧 목을 풀더니 그녀는 받은 곡을 부르기 시작했다.

"아아아~~"

아직 가사가 없어 허밍으로 멜로디라인을 불렀다.

희윤은 끝까지 김지민의 노래를 듣더니 잠시 생각에 잠겼다. 강윤은 그녀가 생각할 시간을 주었다. 곧 생각을 정리한 희윤이 입을 열었다.

"알겠습니다. 컨트리로 편곡할게요. 사장님 말씀대로 포크로 코드를 진행하면 지민이의 힘 있는 소리를 제대로 쓰지 못하겠네요. 좀 더 힘을 받을 수 있는 곡을 만들어야겠어요."

"부탁할게."

강윤과의 대화를 끝낸 희윤은 김지민의 옆으로 다가가 질문공세를 쏟아 부었다.

"어떤 게 생각나?"

"네?"

느닷없는 질문에 김지민은 당황했다. 주어가 없는 질문은 그녀를 당황시키기에 충분했다. 그러자 먼저 의도를 파악한 강윤이 대신 나섰다.

"이 곡을 들으며 떠오른 느낌을 묻는 거야."

"아…… 그게."

김지민은 머리를 긁적였다.

"아직 가사가 안 나와서요. 아직은 잘 모르겠어요."

"풉."

그 말에 가만히 듣고만 있던 이현지가 작게 웃음을 터뜨렸다. 강윤도 입을 가렸다.

"그러고 보니 가장 중요한 걸 빠뜨렸네. 희윤아. 가사는 언제 나와?"

"아직 가사를 못 만들었어요. 이번에 가수랑 같이 만들려고 했거든요."

강윤은 그 말을 듣고는 잠시 생각하더니 답했다.

"지금부터 같이 만들면 되겠네. 지민아. 아예 작곡도 같이 해보는 게 어떨까?"

"제가요? 그래도 될까요?"

김지민이 걱정스럽게 묻자 희윤이 당연하다며 답했다.

"물론이지. 같이 좋은 곡 만들어보자."

"알겠습니다. 열심히 해볼게요."

컨트리라는 컨셉이 잡혀 기획회의가 일부 진행되었다. 장르의 변화, 그에 따른 무대세팅의 변화 등이 주요 논제였다. 윤곽이 어느 정도 나온 후, 기획회의는 끝이 났다.

회의가 끝났지만 김지민과 희윤은 떨어지지 않았다. 희윤은 김지민이 잡은 기타를 호기심 어린 눈으로 지켜보았다. 김지민이 기타를 치기 시작하자 그녀는 코드를 어떻게 진행해야 하는지를 지시했다. 그리고 멜로디라인도 그에 맞춰 수

정해갔다.

그렇게 두 사람은 함께 작곡을 시작했다.

'둘이 잘 맞는 것 같네.'

강윤은 방해가 되지 않게 조용히 스튜디오를 나섰다. 필을 받은 두 사람을 방해하는 건 바보짓이었다.

그가 향한 곳은 하얀달빛이 있는 연습실이었다. 그곳에 가니 여느 때처럼 하얀달빛이 한창 연습 중이었다. 그런데, 손님이 와 있었다.

"안녕하세요? 새해 복 많이 받으세요."

박소영이었다. 그녀는 강윤을 보며 반갑게 인사했다.

"어서와. 아."

강윤은 박소영에게 희윤이 지하에 와 있다는 이야기를 해주었다.

"진짜요?!"

"가봐."

강윤의 말이 떨어지기가 무섭게 박소영은 연습실을 뛰쳐나갔다.

"빠르네."

이현아는 그 빠른 움직임을 보며 언니를 버리고 갔다며 장난스럽게 혀를 내밀었다. 당연히 장난이었다.

하얀달빛은 편안하게 연습하고, 자유롭게 돌아갔다. 강윤은 특별히 그들에게 터치를 하는 구석이 없었다. 자유분방한 밴드에 맞춘 관리방식이었다. 단, 절대 하지 말아야 할 행동을 하지 않는다는 전제가 깔려 있었다.

잠시 하얀달빛의 연습을 본 강윤은 그들을 불러 모았다. 사장의 호출에 모두가 긴장어린 모습으로 그의 앞에 앉았다.

"상반기 중에 방송무대를 마련해 볼게."

"네?"

강윤의 말에 모두의 눈이 휘둥그레졌다. 메이저에 간다 간다 말만 들어왔는데, 윤곽이 잡히고 있었다.

"저희가 특별히 할 게 있나요?"

이차희가 물었다. 그 물음에 강윤은 고개를 저었다.

"아니. 지금처럼 공연에 집중하고 인지도를 키워나가면 돼. 레슨들도 잘하고 있지?"

"네."

김진대를 비롯한 밴드원들이 생계를 유지하는 수단은 개인 레슨이었다. 유명 인디밴드의 일원이라는 간판은 생각보다 유용했다. 거기에 회사가 직접 홍보에 나서주니 모두가 이전보다 훨씬 먹고살기 좋아졌다. 개인활동으로 간주해 일정 비용을 정산하고 있었지만 말이다.

더 필요한 거 없냐는 질문에 모두가 고개를 저었다. 강윤은 자리에서 일어나 연습실을 나섰다. 그때, 이현아가 그를 따라 나왔다.

"왜? 할 말 있니?"

"이거요."

이현아는 그에게 뭔가를 내밀었다. 강윤이 받아 드니 가래떡이었다.

"이게 웬 떡이야?"

"저희 집이 떡집을 하거든요. 오늘 아침에 뽑아온 떡이에요. 드세요."

"고마워. 맛있게 먹을게."

강윤은 미소 지으며 사무실로 향했다. 그런 그에게 이현아는 신신당부했다.

"꼭 혼자 드세요!"

마지막 말에 강윤은 웃음을 터뜨렸다.

"희윤!"

레이나는 하루 종일 김지민과 음악으로 씨름하고 돌아온 희윤을 반갑게 맞아주었다.

"레이나, 잘 지냈어?"

"아니. 재훈도 없고, 심심했어."

"근처라도 돌고 있지."

"혼자서 어디 가봐야 재미없어."

희윤은 친구에게 미안한 마음을 감추지 못했다. 한국에 처음 온 친구에게 한국 여행이라도 시켜줘야 했건만, 일이 생겨버리니 그렇게 할 수도 없었다. 김지민은 월드엔터테인먼트의 첫 신인, 매우 중요한 위치에 있는 가수다. 그런 만큼 신경을 많이 써야 했다.

레이나는 그녀대로 게스트하우스 같은 떠들썩함을 기대했지만, 강윤도, 재훈도 거의 없는 조용한 집에서 혼자 집을 보는 신세가 되었다. 하루 종일 TV와 컴퓨터만 끼고 돌아야 했으니 심심했다.

희윤은 레이나를 데리고 부엌으로 향했다. 9시가 다 되어가고 있었지만 저녁식사도 하지 않았다 했다. 희윤은 레이나를 식탁에 앉히고는 바로 저녁을 준비했다.

희윤이 레이나와 함께 식탁에서 간단하게 저녁을 먹고 있는데 대문소리가 들려왔다. 곧 현관문이 열리며 남자 목소리가 들려왔다.

"희윤아, 있어?"

강윤이었다.

오빠의 목소리에 희윤은 부엌에서 현관으로 나와 강윤을 맞았다.

"오빠 왔어?"

"응. 언제 온 거야? 회사 가보니까 없더니만."

"8시에 나왔어. 곡 작업도 거의 다 했어. 오빠 말대로 컨트리가 잘 맞겠더라고."

희윤은 익숙하게 강윤의 외투를 받아들고는 옷걸이에 걸어주었다. 강윤은 오랜만에 동생의 시중을 받으니 기분이 새로웠다. 그런 그들에게 레이나가 다가왔다.

"다녀…… 왔어유?"

"풋. 레이나. 그건 사투리야."

"사두이?"

"Dialect(방언)."

"아."

그제야 이해를 했는지, 레이나는 고개를 끄덕였다.

강윤도 레이나에게 영어로 말했다.

"하루 잘 보냈어?"

"네. 집에서 쉬는 것도 괜찮았어요. 어? 그런데 영어 잘하시네요?"

레이나는 놀라는 눈치였다. 발음은 약간 어눌한 편이었지만 그래도 알아듣는데 지장이 없었다.

"미국에서 살았었거든. 아무튼 신경을 썼어야 하는데, 내 정신이 없네. 미안해."

"아니에요. 괜찮아요."

강윤이 미안한 표정을 짓자 레이나는 손을 내저었다. 그러나 강윤은 연신 미안함을 감추지 못했다.

"모처럼 동생의 친구가 왔는데, 아무것도 못해주고 있네. 혹시 필요한 거 있어? 한국에 왔는데 좋은 추억은 남기고 가야지."

"음, 그럼 부탁드려도 될까요?"

"물론이지. 필요한 거 있어?"

강윤의 말에 레이나는 얼굴에 화색을 띠었다. 그러더니 곧
한 가지 부탁을 했다.

"내일 회사 구경을 가도 괜찮을까요?"

"회사에? 저번에 와서 보지 않았어?"

"그거보다…… 노래를 한번 들어주셨으면 해서요."

"내가?"

전혀 생각도 못한 말에 강윤은 눈을 껌뻑였다. 그러자 희
윤이 말을 보탰다.

"저기…… 내가 오빠 자랑을 좀 했거든. 가수 보는 눈이
있다고 말야."

"희윤이 너……."

강윤이 당혹스럽다는 듯, 희윤에게로 눈을 돌렸다. 그러나
희윤은 당연하게 말했다.

"오빠가 눈이 좋은 건 사실이잖아. 그냥…… 한번 봐주면
안 될까? 부탁할게."

"……."

동생의 부탁이라면 못할 건 없었다. 레이나도 희윤의 의도
를 알았는지 강윤에게 간절한 눈빛을 쏘아 보내고 있었다.

강윤은 결국 승낙했다.

"그럼 내일 희윤이랑 같이 와."

"감사합니다. 와우!"

레이나가 희윤의 손을 잡고 자리에서 뛰자, 강윤은 말을 보탰다.

"내가 정확한 건 아니니까, 참고만 해. 알았지?"

"네."

마지막 말은 듣는 둥 마는 둥 하며, 레이나와 희윤은 마음이 들떴다.

다음 날.

희윤과 레이나는 강윤과 약속한 대로 스튜디오로 향했다. 사전에 약속한 대로 이미 강윤이 세팅을 마치고 그들을 기다리고 있었다. 강윤 옆에는 김지민이 함께하고 있었다.

"어서 와."

강윤은 레이나에게 부스 안으로 들어가라고 손짓했다. 레이나는 장난끼 어린 표정을 지우고 비장한 얼굴로 부스 안으로 들어갔다. 원하는 곡이 있냐는 질문에 레이나는 잠시 생각하며 답했다.

"The Phantom."

유령이라는 오페라 곡이었다. 웅장하면서 점점 분위기를 달아오르게 만드는, 많은 사람들에게 사랑을 받는 곡이었다. 강윤은 곧 곡을 검색하더니 이내 MR을 찾아냈다.

"그럼 갈게."

목을 다 푼 레이나에게 강윤은 신호를 보냈다. 레이나에게서 OK사인이 오자 그는 MR을 재생했다. 스타카토로 뚝뚝 끊어지는 느낌과 함께, 분위기를 점차 끌어올리는 음악이 부스와 스튜디오를 울리기 시작했다.

"Sing once again without you~ My power over~"

마이크의 이펙터는 없었다. 그러나 레이나의 목소리는 청아하고, 매우 맑았다. 성량도 풍부해서 그리 크지 않은 볼륨에도 스튜디오를 가득 메우고도 남을 정도였다.

'소리가 짱짱하네.'

강윤은 반주와 레이나의 음표가 만들어내는 순백의 빛을 볼 수 있었다. 강렬한 느낌보다 순수하면서 깨끗한 느낌의 빛이었다.

'이펙터 같은 것도 없는데 이 정도라니. 굉장한데?'

강윤은 감탄했다. 귀에 쏙쏙 파고드는 울림이 특히나 매력적이었다. 특히나 소리가 울리는 와중에도 가사를 제대로 전달하는 음색이 대단했다.

3분 정도의 노래가 끝난 후, 레이나는 부스를 나왔다. 그녀의 표정에는 강윤에게서 어떤 말이 나올지 몰라 긴장하는 기색이 역력했다.

그걸 아는지 모르는지, 강윤은 생각한 것을 솔직히 이야기했다.

"울림이 대단했어. 좋은 목소리야."

"감사합니다."

"좋은 울림에 가사가 명확하게 전달되고 있어. 혹시 뮤지컬 쪽에 관심 있어?"

강윤의 말에 레이나가 놀란 눈으로 강윤을 바라보았다.

"어떻게 아셨어요?"

"발성을 할 때 워낙 가사를 또박또박 집어주니까 혹시나 했어. 가수들은 이 정도까지 가사에 신경 쓰지 않거든. 차라리 목소리의 특징에 더 신경을 쓰지."

"아······."

"노래 멋있다. 한 곡 더 불러줄래?"

"기꺼이."

앵콜 주문이 들어오자 레이나는 신이 나서 무반주로 다른 노래를 시작했다. 조금 전의 노래와 다르지 않게, 가사가 쏙쏙 박히는 목소리가 사방을 울려나갔다.

"······."

강윤이 호기심 어린 얼굴로 레이나에게 영어로 계속 묻는 모습에 김지민은 조금은 불퉁한 표정으로 입술을 삐죽거렸다.

"Want you feel me now~ ooh ooh~ Tell me~"

부스 안에서, 레이나는 눈을 감으며 소리를 높였다. 이미 그녀는 노래에 완전히 빠져 든 모습이었다. 강윤도 레이나의 긴장이 완전히 풀린 것 같아 기대감을 높였다.

"Oh boy go for~"

레이나는 지금껏 학교 동아리에서 연습해 왔던 노래들을 마음껏 펼쳐보였다. 희윤에게서 강윤의 곡을 보는 눈이 대단하다는 것은 누누이 들어왔다. 그에게 인정을 받으면 꿈의 무대, 브로드웨이에 도전할 생각이었다.

꿈에 한 걸음, 한 걸음 다가서는 느낌에 레이나는 소리를 높여갔다.

그러나 너무 흥분한 탓일까. 그녀의 목소리에 힘이 잔뜩 실리기 시작했다.

'뭐지?'

강윤은 미약하게 들려오는 바람소리에 고개를 갸웃했다. 힘이 너무 실린 탓이었다. 그와 함께 강하게 빛났던 빛이 점차 약해지기 시작했다.

'힘이 너무 들어갔네.'

어느덧 레이나의 음표도 눈에 띌 만큼 일그러졌다. 이 정도 변화면 노래를 부르는 가수도 눈치를 채야 했다. 그러나 자신만의 목소리에 빠진 레이나는 자신만의 세계에서 헤어나질 못하고 있었다.

강윤은 결론을 낼 수 있었다.

'기량은 확실히 좋은데. 과해. 힘을 너무 실었어.'

좋은 느낌이 많이 희석되었다. 처음의 좋은 느낌이 자꾸 생각나 강윤은 아쉬웠다. 뮤지컬에 대해 잘 알지는 못했지만, 이렇게 흥분된 상태로 무대에서 노래한다면 관객들이 눈살을 찌푸릴 것 같았다.

그렇게 노래가 끝났다. 강윤은 레이나에게 부스에서 나오라고 손짓했다.

"수고했어."

"저, 괜찮았나요?"

아직 강윤의 생각을 알지 못하는 레이나는 여전히 흥분한 목소리로 물었다. 강윤 옆에 있던 희윤이 오히려 더 긴장하고 있었다.

'솔직하게 말해주는 게 낫겠지.'

희윤의 친구였다. 거짓된 포장보다 제대로 느낀 바를 말하기로 결정했다. 강윤은 초반의 흥분을 가라앉히고 신중한 어조로 자신의 생각을 이야기했다.

"희윤이 친구니까 솔직히 말할게. 기분이 나쁠 수도 있어도 이해해 줘."

"네."

"내 생각에 너무 힘이 들어간 것 같아. 감정이 과잉되었다는 느낌이랄까."

"그래요?"

잘했다는 말이 아닌 단점이 나오자 레이나는 조금 당황한 기색을 보였다. 그러나 강윤은 말을 계속해 나갔다.

"감정이 과하게 들어가면 사람들에게 거부감을 불러오지. 자연스러운 맛이 떨어져. 마치 음식에 간을 할 때 소금을 과하게 친 것 같은."

"아아……."

"처음에 불렀던 '팬텀'은 정말 좋았어. 명확한 가사 전달하며, 맑은 목소리. 처음 들었을 때 '당장 뮤지컬 배우를 해도 되겠다'라고 느낄 정도였으니까. 하지만 두 번째 곡을 듣고 생각이 조금 바뀌었어. 흥미로 뮤지컬을 한다면 이 정도도 괜찮다 생각하지만, 그게 아니라 주연을 노린다면 이 부분은 고쳐야 할 거야. 안무나 표정연기를 같이 해야 한다면 표정에서 드러나게 될 테니까."

강윤은 자신이 느낀 단점을 명확하게 지적해 주었다.

레이나는 들이닥친 단점 퍼레이드에 표정이 어두워졌다. 그러나 잠시 생각하더니 조금은 밝아졌다.

"감사합니다. 역시 희윤이 말이 맞았어요. 여러 가지를 얻을 수 있을 거라 했는데."

그 말에 강윤은 그제야 가벼워진 미소를 지어 보였다.

"내가 단점만 골라서 심각하게 언급했지만, 다른 부분은 정말 최고였어. 목소리하며, 가사 전달까지. 만약 한국 뮤지컬 쪽에 뜻이 있다면 내가 잡고 싶을 정도니까."

강윤은 넌지시 뜻을 드러냈다. 그러자 레이나도 미소 지었다.

"그래요? 안타깝네요. 희윤이랑 같은 소속사라면 재미있을 것 같은데. 제가 한국보다 브로드웨이 진출을 목표로 하고 있어서요. 미국에 뜻은 없으세요?"

"하하하. 아직은 여기도 벅차. 몇 년 뒤라면 모르겠네."

"그럼 저도 몇 년 뒤를 기약해야겠네요. 브로드웨이에서 기다릴게요."

레이나는 강윤이 준 쓴 약을 즐겁게 받아들였다. 강윤은 그녀가 내민 손을 굳게 잡았다.

"그래. 네 꿈, 꼭 이루어지길 바랄게. 미국에서 희윤이랑 친하게 지내고."

"하하하하. 걱정 마세요. 우리 미국에서 꼭 봬요."

칼날 위에 선 것 같은 평가시간이 그렇게 지나갔다.

레이나의 얼굴에서 다시 웃음꽃이 피었고 스튜디오의 분위기는 다시 화기애애해졌다.

월드엔터테인먼트에 에디오스가 합류하면서 연예인도 많이 늘었다. 그 덕분에 인력이 많이 필요해졌다. 그중 하나가 안무가였다.

솔로 앨범을 내는 정민아의 첫 번째 기획회의.

전문 안무가가 필요하다는 강윤의 말에 정민아가 다른 제

안을 내놓았다.

"이번 안무, 직접 만들어 볼게요."

나름대로 회사의 예산까지 고려한 말이었다. 그러나 강윤은 고개를 저었다.

"민아야. 전문가가 어떻게 안무를 만드는지 알고 있어?"

"안무 그 까짓것, 박자에 맞춰서 멋있게 만들면 되지 않을까요?"

웃기려고 한 말인지, 뭔지. 강윤은 정민아의 어이없는 말에 그녀의 머리를 꽁 소리가 나게 쥐어박았다.

"아얏! 아파요!"

"아프라고 때리지. 민아야. 전문 안무가는 대중의 기호, 가수의 역량, 그리고 곡의 특징까지 고려해 최고의 안무를 만들어내는 전문가야. 단순하게 노래에 맞춰 흔드는 걸 만드는 게 아니라고."

"나도 그럴 생각은 아니었다고요."

정민아는 강윤에게 꿀밤을 맞은 곳이 아팠는지 인상을 가볍게 찌푸렸다. 그 표정이 귀여웠는지 강윤은 그녀의 머리에 가볍게 손을 얹고는 말을 이어갔다.

"예산이 걱정돼서 직접 만들어 보겠다는 의도는 잘 알겠어. 민아야. 이런 곳에 아끼지 않아도 돼."

"……."

"투자할 때는 해야지. 이번 기회에 안무를 어떻게 만드는지 배워봐. 알겠지? 그게 도와주는 거야."

"네."

강윤은 희윤에게로 시선을 돌렸다.

"희윤아. 민아 곡은 나왔니?"

"아직이요. 인트로 조금밖에 못 만들었어요."

"지민이랑 이야기하느라 바빴나 보네."

희윤은 김지민과 곡 이야기를 하며 정신없는 시간을 보내고 있었다. 어차피 정민아는 여유가 있었다. 강윤은 알겠다며 고개를 끄덕였다.

그는 다시 정민아에게로 시선을 돌렸다.

"민아야. 곡이 아직 나오진 않았지만, 퍼포먼스가 매우 격렬할 거야. 3분을 무시하면 큰코다칠 수도 있어."

"걱정 마세요. 아침마다 운동으로 단련된 몸입니다. 비보잉을 한다 해도 다 소화할 수 있어요."

강한 자신감을 드러내는 정민아를 보며 강윤은 만족했다.

데뷔 이후, 정민아는 운동을 멈추지 않았다. 에디오스 그 누구보다도 강한 체력을 가진 이가 그녀였다.

그 외, 강윤은 에디오스 전담 스타일리스트나 매니저 등을 구하고 있다는 이야기를 전달했다. 필요한 게 더 있냐는 물음에 정민아는 신경 써줘서 감사하다며 열심히 하겠다는 말로 답했다. 그렇게 기획회의가 마무리되었다.

강윤은 사무실로 올라가 이현지에게 차 키를 빌렸다. 차

키를 건네며, 이현지는 강윤에게 장난스럽게 말했다.

"이사도 기름값은 나오나요?"

"영수증 청구하세요."

"됐어요. 어차피 우리 회사 돈인데. 차에 기스만 내지 마세요."

이현지에게 또 차를 빌린 강윤은 미안함을 감추지 못했다. 그때 사무실을 나서려는 강윤을 이현지가 불러 세웠다.

"오늘 면접 있는 거 알고 계시죠? 오실 수 있나요?"

"시간 맞추기가 힘들 것 같네요. OTS 측이랑 약속이 있어서요. 오늘 오는 사람들이 에디오스 매니저하고 코디였나요?"

"맞아요. OTS면……. 하아. 중요한 일이네요."

"면접은 이사님이 알아서 해주세요. 지금은 에디오스나 지민이만으로도 벅차네요."

강윤이나 이현지나 일이 정신없이 밀어닥치니 정신이 하나도 없는 건 똑같았다. 이현지는 알았다며 고개를 끄덕였다.

"알겠어요. 그럼 오늘 뽑은 직원들은 다음 주에 출근하라고 하면 될까요?"

"그렇게 해주세요."

강윤은 바로 사무실을 나섰다. 그가 향한 곳은 에디오스의 숙소였다. 도착한 후, 그는 전화를 걸어 이삼순을 불러냈다.

미리 준비를 하고 있던 이삼순은 바로 나와 강윤의 차에 올랐다.

두 사람이 탄 차는 곧 방송국으로 향했다.

차 안에서, 이삼순은 설렘과 두려움에 찬 얼굴로 손을 만지작거리고 있었다.

"휴우."

이삼순이 가볍게 쉰 한숨소리에 강윤이 물었다.

"오랜만에 방송국에 가니 긴장되니?"

"네. 예능 프로그램에는 거의 출연을 안 해봐서요. 걱정돼요."

"그렇긴 해도, 연습생 때 이거저거 많이 배웠잖아."

"그렇긴 한데……. 그래도 오랜만에 방송국 가는 거라서 떨리네요."

"그래서 같이 가잖아. 너무 긴장할 필요 없어."

이삼순은 작게 고개를 끄덕였다.

"그때도 팀장님이랑 같이 나갔었는데……."

"언제?"

"그때요. 야외공연 했을 때."

"아."

강윤은 이삼순과 야외공연 했을 때를 떠올렸다. 거리 공연과 그 이후, 이사회의에서 이사들을 벙찌게 만들었던 일들이 하나하나 떠올랐다.

'그러고 보니, 지금 상황도 비슷하네. 대상만 바뀐 거지.'

이사들에서 시청자로. 운명은 돌고 도는 건가라는 생각에 강윤은 어깨를 으쓱였다.

이삼순은 추억 이야기에 신이 났는지 여러 가지 이야기를 꺼냈다.

"홍대에서 진짜 재밌었어요. 지금 생각해 보면 말도 안 되는 일이었잖아요. 그때 사람들은 너그러웠던 것 같아요. 웃기는 사투리를 쓰는 애한테 귀엽다며 환호도 해주고……."

"그때 재미있었어. 삼순이 네 노래에 사람들이 호응하고, 뛰던 모습이 아직도 생생하네. 나한테도 좋은 추억이야."

"그래요?"

강윤은 확신을 심어주었다.

"다시 해보는 거야. 사람들이야 다시 모여들게 만들면 되는 거지. 그치?"

"……."

이삼순은 말없이 강윤을 바라봤다. 과거나 지금이나, 강윤은 변함이 없었다.

어느덧 차는 OTS 방송국에 도착했다. 강윤은 주차를 하고는 약속이 있는 18층 회의실로 향했다. 엘리베이터를 타고 18층에 내리니 프로그램 모던파머의 AD 김민혁이 그들을 기다리고 있었다.

"안녕하세요? 기다리고 있었습니다."

AD의 안내를 받아 강윤과 이삼순은 회의실로 향했다.

"잠시만 기다려 주세요. PD님 모시고 오겠습니다."

AD가 나가고, 이삼순은 여기저기를 둘러보았다. 벽에는 그동안 OTS 방송국에서 진행한 다양한 프로그램들의 포스터들이 붙어 있었다.

"저거 진서 아니에요?"

"저거 다큐잖아? 진서가 다큐에 나온 적이 있었나?"

강윤은 이삼순이 가리킨 곳을 보았다. 그곳에는 'OTS 스페셜'이라는 문구와 함께 민진서의 사진이 박힌 포스터가 있었다.

이삼순은 포스터의 민진서를 보며 말했다.

"나레이션을 했을 거예요. 목소리만 출연했는데도 시청률이 평소보다 4% 정도 올랐다 했어요."

"진서 인기가 엄청나구나."

강윤은 민진서의 인기에 혀를 내둘렀다. 알고는 있었지만 이렇게 보는 것과는 또 다른 느낌이었다.

"지금 중국에서도 잘나갈 거예요. 우린 미국, 진서는 중국. 이렇게 해외 시장을 노려보자는 게 MG의 생각이었어요. 우린 망했지만……."

이삼순은 말끝을 흐렸다. 강윤은 그녀의 등을 다독였다.

잠시 기다리니 모던파머를 연출하는 여운현 PD와 AD가 회의실에 들어왔다.

"어서 오십시오. 처음 뵙겠습니다. 여운현입니다."

여운현 PD는 큰 키에 약간 배가 나온, 체격이 있는 사람이었다. 약간 마른 체격에 넓은 어깨를 가진 강윤과는 약간 달랐다. 그는 큰 체격만큼이나 우렁찬 목소리로 인사하고는 본격적으로 일에 대해 이야기했다.

"제니 양이 어릴 때부터 산에 살았었다고요?"

여운현 PD는 다른 무엇보다 이 부분에 포인트를 주고 있었다.

"네."

"어디였나요?"

"충청도였어요. 칠암골이라는 곳에서 살았었어요."

구체적인 지명까지 나오니 여운현 PD는 더 많은 것을 물었다.

'이 PD가 문젠데.'

이삼순과 인터뷰를 하는 여운현 PD를 보며 강윤은 긴장했다. 그는 이삼순을 캐스팅한 것에 대해 계속 의심하고, 다른 사람을 캐스팅하자던 PD였다.

그러나 작가진과 다른 PD들이 이삼순의 캐릭터가 너무 좋다며 캐스팅을 밀어붙였다.

강윤의 걱정 속에 이삼순은 질문공세를 받고 있었다.

"잠깐. 트랙터도 몰 수 있어요?"

"네. 면허는 없지만요. 마을 할아버지한테 배웠었거든요."

"언제요?"

"15살 때인가."

"……."

지금도 그런 세계가 있나 싶어서 여운현 PD는 눈을 껌뻑였다.

"조…… 좋아요. 경운기는요?"

"그건 13살 때 배웠어요."

"컥."

에디오스의 세련된 이미지와는 전혀 어울리지 않는 캐릭터에 여운현 PD는 컥컥 소리까지 냈다.

이어진 질문은 조금 약했다. 침대가 없어도 되느냐, 푸세식 화장실이어도 괜찮냐 등 시골의 불편한 생활을 잘 해낼 수 있는지를 알고 싶어 했다.

"똥지게도 퍼봤는 걸요."

"……."

에디오스의 제니가 알고 보니 완전 시골 소녀였다. 이런 캐릭터를 캐스팅 안 했다간 위의 CP에게 무슨 말을 들을지 몰랐다. 그는 후환이 두려워졌다.

"조…… 좋아요. 그럼 마지막입니다. 사투리 한마디만 해주세요."

"사투리요? 뭐가 좋을까요. 할매, 멸국(미역국)에 식사하셨슈? 드셨다구유? 오째 답이 시원찮아유? 짐치(김치) 찌끄레기

넣어서 적 좀 할까유?"

"크어억!"

여운현 PD는 순간 가슴이 두근거렸다. 지금, 이삼순은 영화에서나 볼 법한 시골 소녀였다. 자유자재로 구사하는 사투리부터 귀여운 외모에 아담한 키까지. 그녀는 모든 걸 갖추고 있었다!

"하하, 하하하하하!"

이삼순에 대해 확신이 없어 반신반의했던 여운현 PD는 호탕하게 웃었다.

'왜 저렇게 웃지?'

갑작스러운 PD의 변화에 이삼순이 의아해했지만, 강윤은 당연한 반응이라며 어깨를 으쓱였다.

'이 프로그램에 이삼순만 한 캐릭터가 어디 있겠어.'

강윤은 확신했다.

이 '모던파머'라는 프로그램으로 이삼순이 새롭게 도약할 것이라고.

"원은 그대로 가고 투앤에서 커팅."

희윤은 김지민의 기타 연주를 듣고는 이 느낌이 아니라며 고개를 저었다.

"언니. 반 박자에서 자르는 거 너무 어려워요⋯⋯."

"어쩔 수 없어. 느낌을 살리려면 어떨 수 없었어."

평소의 부드러운 희윤은 없었다. 그 오빠에 그 동생이었다. 느낌을 살리지 못하는 김지민에게 희윤은 오직 반복만이 방법이라며 스파르타 강사에 빙의했다.

김지민은 결국 힘에 부쳤는지 피크를 내려놓았다.

"핑거링으로 해야겠어요."

"다시 해보자. 원앤투앤⋯⋯."

희윤의 박자에 맞춰, 김지민은 리듬을 천천히 익혀나갔다. 두 번째, 처음의 반 박자를 커팅해야 했다. 그리고 두 번째 반 박자와 세 번째 박자를 자연스럽게 이어가야 했다.

그래도 그동안 탄탄하게 기본기를 쌓아왔기에 생각만큼 오래 걸리지는 않았다.

"좋아."

희윤은 박수를 쳤다. 결국 자연스럽게 주법을 습득한 김지민은 얼굴이 환해졌다. 응용주법은 역시 쉽지 않았다.

"이게 맞아요?"

"응. 이제 노래를 부르면서 해보자. 어디에 힘이 들어가야 하는지 알겠지?"

"네. 세 번째에 느낌을 살리는 거죠?"

"맞아. 노래도 마찬가지야."

희윤의 설명과 함께, 두 사람은 노래 연습을 시작했다.

희윤에게서 완성된 곡을 받은 강윤도 본격적으로 편곡에 들어갔다. 강윤은 녹음된 어쿠스틱 반주와 김지민의 목소리를 합쳐보았다. 그러자 하얀빛이 펼쳐졌다.

'기타 솔로를 길게 끌고 갈 필요는 없겠지.'

기타 부분이 끝나고, 밝은 드럼 소리를 가미했다.

'대충 리듬을 넣고, 그냥 밴드 소리를 녹음해야겠네.'

하얀달빛의 세션이 필요할 것 같았다. 김지민의 기타 솔로 효과를 제대로 높이기 위해서는 밴드가 있는 게 아무래도 나았다. 효과음보다는 진짜 악기소리가 훨씬 효과가 있으니 말이다. 소리의 질을 높이기 위한 조치였다.

'대충 끝내고 회사로 가야겠네.'

강윤은 스트링 효과 같은 몇 가지 소리만 확정지었다. 그 외 드럼, 베이스, 일렉트릭 기타는 느낌만 살려 녹음해 파일로 저장했다. 그렇게 대충 작업을 마친 강윤은 녹음된 파일을 들고 집을 나섰다.

가는 길에 강윤은 세션들에게 연락했다. 이제 막 연습이 끝나 집에 가려던 하얀달빛 멤버들은 졸지에 스튜디오로 소환되었다. 그래도 모처럼의 녹음이라 모두가 즐거운 마음으로 내려갔다.

강윤이 스튜디오에 도착하니, 하얀달빛 멤버들과 희윤, 김지민에 이현지까지 있었다. 밤이었지만 스튜디오는 이미 만원이었다.

"이사님, 퇴근 안 하셨습니까?"

"지민이 곡이잖아요. 어떤 곡일지 궁금해서 와봤어요."

월드엔터테인먼트 첫 신인의 데뷔에 모두가 역량을 집중하고 있었다.

이미 부스 안에 악기들이 세팅되어 있었다. 강윤은 악기 소리들을 맞춰나갔다. 소리를 맞춘 이후, 곧 녹음이 시작되었다.

반주가 흐르며 김진대가 스네어와 발베이스를 두드리는데, 강윤이 마이크에 입을 가져갔다.

"진대야. 림샷으로 가자. 차희는 잘 쉬었어."

ー알겠습니다.

김진대는 평소와 다르게 의젓하게 답했다.

드럼에서 나오는 음표들이 초반부 반주와 섞이니 회색빛이 뿜어졌다. 드럼 주법의 문제가 아닐까 싶었다. 강윤은 스네어를 둘러싼 림을 두드리는 림샷을 요구했다.

다시 시작된 연주에서 탁 하는 소리가 반주에 섞여 들어갔다.

'이게 낫네.'

조금 전의 회색과는 달리, 하얀 빛이 뿜어져 나왔다. 다음은 이차희의 차례였다. 어쿠스틱 기타와 드럼만이 나오는 부분을 지나 다른 악기들이 합류하는 부분에서, 그녀는 슬라이드 주법으로 스트링을 훑어 내렸다. 부우웅 하는 소리와 함께 김진대도 드럼을 가볍게 돌리며 소리를 더했다.

그러나 강윤은 고개를 저으며 마이크에 입을 가져갔다.

"차희야. 슬라이드 빼고 가볍게 가자. 그건 후렴부에서 강조할 때 들어가는 게 좋을 것 같아."

─네.

"진대도 초반에 너무 돌리지 말자."

하얀달빛의 격한 노래에서 연주하는 습관들이 무의식중에 나온 탓이었다. 강윤은 이들의 연주를 바로잡아 주었다.

그렇게 말은 많았지만 녹음 시간은 그리 오래 걸리지 않았다. 김진대나 이차희도 실력 있는 세션들이었고, 강윤의 요구도 명확했다.

그렇게 말 많던 1절을 넘어 2절 후렴부에 다다랐을 무렵이었다.

"차희야. 음이 높아지는데?"

후렴부가 끝나갈 무렵, 강윤은 높아져 가는 음에 이상함을 느꼈다. 하얀빛은 변함이 없었는데 베이스와 반주의 음이 떨어졌다.

─네? 저 악보대로 쳤어요. 틀린 부분도 없었는데…….

"이상하다. 음이 한 음이나 떨어졌는데……."

갖가지 화려한 효과들이 분위기를 끌어올리는 부분이었다. 이차희의 베이스가 든든히 받쳐줘야 했다. 그런데 베이스음이 또다시 낮게 들려왔다. 전체 분위기가 흔들리는 것이다.

한 소절이 끝나고, 강윤은 다시 녹음을 중단시켰다.

"차희야. 음이 낮아."

ㅡ이상하네. 맞게 연주했는데…….

맞게 연주를 했는데, 음이 이상하다? 혹시나 해서 강윤은 자신의 악보를 살폈다. 악보도 이상이 없었다. 부스 안에 들어가 이차희의 악보를 살폈지만 이상은 없었다.

'뭐지?'

이차희가 틀렸다고 거짓말을 할 사람은 아니었다.

'내가 너무 피곤했나.'

강윤은 자신이 너무 예민해져서 그런 것이라 생각하고 넘어가기로 했다.

"일단 다시 해……."

그때, 이차희가 강윤을 보며 목소리를 부르르 떨었다.

"왜 그러니?"

ㅡ사장님 여……. 옆에, 귀. 귀…….

"귀 뭐?"

강윤은 의아했다. 이차희의 얼굴에 공포가 어려 있었다. 평상시, 누구보다 침착하던 그녀는 사라진 지 오래였다.

ㅡ꺄아아아아아아악! 귀, 귀신이야!

난데없는 비명소리에 강윤을 비롯한 모두가 소스라치게 놀랐다.

뜬금없이 귀신이라니! 모두가 허둥대며 주변을 두리번거렸지만, 귀신은커녕 실오라기 하나 찾을 수 없었다.

결국 보다 못한 김진대가 침착하라며 이차희를 강하게 붙잡았다.

─차희야. 정신 차려.

─으……. 으응.

약간의 시간이 지나서야 이차희는 진정되었다.

강윤은 이차희의 이상한 모습에 부스 안으로 들어갔다.

"이상한 거라도 본 거야?"

"아뇨, 그게……. 사장님 옆에 이상한 여자 같은 게……."

"여자?"

강윤은 어이가 없었다.

정리하면, 대박을 가져다준다는 녹음실 귀신 이야기였다. 항상 침착한 이차희가 하는 말이니 더더욱 당혹스러웠다.

"나 원 참. 요즘 세상에 귀신같은 게 어디 있어?"

"진짜 봤어요……."

말도 안 되는 이야기에 쿵짝을 어떻게 맞춰야 하는지. 방송가에 이야기하면 미스터리 좋아하는 사람들이 좋아할 만한 소재였다.

그러나 강윤으로선 그리 재미없는 이야기였다.

'요즘 연애사업이 잘 안 되나?'

강윤은 김진대에게 이차희를 돌봐주라 이야기하곤 휴식을

선언했다.

녹음을 지켜보고 있던 이현지가 강윤에게 다가왔다.

"녹음실 귀신이야기라니. 오랜만에 듣네요."

"귀신이 어디 있습니까. 다 재미로 지어낸 이야기겠죠."

"어? 난 귀신 믿는데. 정말 그렇게 생각하세요?"

이현지는 상황이 재미있는지 흥미로운 표정이었다. 그러나 강윤은 아직도 어이가 없는지 실소했다.

"대박 조짐이긴 하네요. 나도 봤으면 좋겠습니다."

"풋. 사장님이라면 그렇게 말할 줄 알았어요. 귀신이라니. 홍보 거리는 하나 생겼네요. 차희한테 자세히 물어봐야겠는데요?"

이현지는 신이 나서 부스 안으로 들어갔다. 그리고는 이차희의 손을 붙잡고 위로하며 이것저것을 물었다.

'여자들이 귀신 이야기 좋아하는 건 다 똑같나 보네.'

난데없는 귀신어택에 강윤은 고개를 절레절레 흔들었다.

♪ ♩ ♩♩♩ ♯♫♩ ♪

GNB엔터테인먼트는 최근 3년간 급속도로 커가고 있는 기획사였다. 한국 굴지의 대기업인 베네스의 투자 이후 잘나가는 연기자, 개그맨, 가수들을 스카웃하며 덩치를 키워갔다.

한영숙 사장은 막대한 자금력을 바탕으로 GNB엔터테인먼트를 만들어낸 철의 여인이었다.

오늘, 그녀는 데뷔 초읽기에 들어간 유나윤을 사무실로 호출했다.

"나윤아. 준비는 잘 하고 있니?"

"네. 다들 많이 도와주셔서 열심히 하고 있어요."

"다행이네."

상냥한 말이었지만, 유나윤은 잔뜩 긴장했다. 한영숙 사장의 눈은 마치 모든 것을 꿰뚫어 보는 듯했다.

"설이 지나면 곧 데뷔야. 그때면 컴백하는 가수들도 없고 데뷔하는 대형 신인도 없는 최적기인 거 알지? 하긴, 우리 나윤이 정도면 이미 대형 스타지."

"……."

칭찬이었지만, 유나윤은 웃지 못했다. 그 말에는 뼈가 담겨 있다는 걸 유나윤은 잘 알고 있었다.

한영숙 사장은 흥미 어린 표정으로 말을 이어갔다.

"며칠 전에 강 사장에게 월드라는 곳에서 우리 나윤이와 비슷한 애 하나가 데뷔할 거라고 듣긴 했는데. 후후. 우리 나윤이 정도면 신경 쓸 거 없겠지. 그렇지?"

한영숙 사장은 자신 있었다. 강시명 사장은 이상한 저력이 있는 곳이라며 잘 지켜보라 말했지만, 연습생 달랑 한 명 있고 자금력도 볼품없는 그런 회사를 자신과 비교하는 건 어불

성설이라 생각하고 있었다. 한마디로 에디오스나 김재훈 관리로도 벅찰 회사. 그런 회사의 신인이라니 웃기는 일이었다.

"사장님이 절 믿고 뽑아주셨잖아요. 문제없어요."

"그래그래. 그동안 투자한……. 우리 예쁜이가 어디 가겠어?"

한영숙 사장은 유나윤의 등을 톡톡 두드려 주었다. 그녀에게 이미 월드엔터테인먼트에서 내놓은 신인이란 존재 자체가 희미했다.

"항상 이놈의 돈이 문제네요."

계산기를 누르며 이현지는 길게 한숨을 내쉬었다. 음반유통에 들어가는 비용, 여러 관계자들에게 나가는 비용까지 계산하니 거하게 쇼케이스를 진행할 예산이 없었다.

그러나 강윤은 괜찮다며, 다른 방법을 모색하자는 어조로 이야기했다.

"어차피 지민이 쇼케이스를 해봐야 올 사람들도 없습니다. 에디오스와 김재훈을 보유한 회사라 하지만 우리 회사인지도는 낮죠. 쇼케이스는 에디오스 컴백까지 미루는 게 낫겠습니다."

"아쉽네요. 데뷔는 평생에 처음 있는 일인데, 초라하게 데뷔하겠어요."

"그래도 생각만큼 초라한 무대는 되지 않을 겁니다. 방송국에서 시간을 꽤 많이 할당해 줬거든요."

방송무대로 마련한 시간이 무려 6분이었다. DLE 방송국의 뮤직캠프에서 단독으로 데뷔 무대를 갖는 조건으로 얻은 시간이었다. 대신 그 주에는 다른 무대에 서지 않는 조건이었다.

이현지는 강윤의 수완에 감탄했다.

"추만지 사장이 다이아틴에게 받은 건 제대로 갚는군요. DLE 방송국하고 윤슬이 가까웠죠?"

"네. 부탁하면서도 어렵지 않을까 했는데, 추 사장님이 기꺼이 들어주시더군요. 추 사장님의 공증이 없었다면 어려웠을 일입니다. 만약 이게 성사가 안 됐다면 다른 대책을 마련해야 하는 상황이었는데 말입니다."

강윤은 이현지와 곧 있을 데뷔에 대해 여러 가지를 논의했다. 차량구입부터 김지민을 보조할 매니저, 코디네이터에 스케줄까지. 한 연예인에게 들어가는 전반적인 사항을 논의했다.

이야기를 나누다가 강윤이 추만지 사장에게서 들은 걱정되는 화제를 꺼냈다.

"GNB에서 같은 날, 신인이 하나 데뷔한다 합니다."

"GNB요? 거기 한영숙 사장이 있는 곳 아닌가요?"

"맞습니다. 공교롭게도 여자 솔로더군요. 나이도 비슷하고……."

이현지의 표정이 가볍게 일그러졌다. 원래 비슷한 컨셉의 가수들은 같은 시기에 앨범을 내지 않는다. 소속사 간에 합의를 보기 때문이었다. 이런 경우는 지독한 우연이거나 상대를 밟고 일어나겠다는 저격이었다.

"노린 걸까요?"

"그런 것 같진 않습니다. 우리와 비슷한 생각을 했던 것 같습니다. 2월 초, 아무도 컴백이나 데뷔를 하지 않는 시기였으니까요."

"우연치고는 좋지는 않군요. GNB는 돈이 많은 소속사예요. MG나 윤슬에 비하면 신인에 대한 노하우는 별로지만 자금력 하나는 알아주는 곳이죠. 우스갯소리로 돈지랄을 좋아하는 기획사예요."

"풋. 부러운 곳이군요."

강윤은 작게 한숨을 내쉬었다. 그러나 곧 눈을 빛내며 말을 이어갔다.

"저들의 컨셉이 우리와 비슷하지 않기를 바라지만, 비슷하다면 진검승부가 될 겁니다. 그렇다고 데뷔 시기를 늦춰봐야 따라했다는 말들만 따라붙겠죠. 정면으로 부딪히는 게 낫다 봅니다."

"이 상황, 기자들이 좋아하겠네요. 차라리 이걸로 화제를 만들어볼까요?"

"아니요. 이런 식의 마케팅으로 가수를 띄워봐야 오래 가지 못할 겁니다. 이름 한 번 알리려 했다가 이미지 이상하게 박히면 돌이킬 수 없어요. 천천히 가더라도 제대로 가는 게 낫습니다."

이현지는 강윤의 말에 알겠다며 고개를 끄덕였다.

설 명절, 그 이후에도 김지민은 오직 연습에만 집중했다. 그 누구도 김지민을 방해하지 않았다. 간간이 희윤과 최찬양 교수가 그녀의 연습에 도움을 주었다.

시간은 쏜살같이 흘러가 어느덧 2월.

D-Day.

강윤과 김지민의 매니저 최혁진, 코디네이터 이진아는 DLE 방송국의 대기실에 있었다.

"우리 지민이는 화장발도 잘 받네."

이진아 코디는 김지민의 얼굴에 파우더를 발라주며 칭찬을 아끼지 않았다. 잡티 하나 없는 피부가 화장을 잘 받아들이니 화장을 해주는 맛이 났다.

무대 의상으로 갈아입기 전, 강윤은 김지민과 함께 CD를 돌리기 시작했다. 이제 막 데뷔한 가수가 선배들에게 하는 인사였다. 다른 가수들은 최근 보기 힘든 여자 솔로가수라는 것에 환영하며 격려도 해주었다.

그렇게 다른 대기실을 돌며 두 사람은 마지막 대기실, '나엘'이라는 종이가 붙어 있는 룸 앞에 섰다.

"여긴……."

김지민이 약간은 걱정하는 투로 강윤을 바라봤다. 김지민과 같이 데뷔하는 가수의 대기실이었다.

"라이벌이라도 친하게 지내야지."

"저쪽에서 절 이상하게 보거나 하진 않을까요?"

"그렇다면 그것밖에 안 되는 사람인 거지. 그치?"

"그러네요."

김지민은 문을 두드렸다. 들어오라는 말이 나오자 김지민은 안으로 들어섰다.

대기실 안에서 유나윤과 매니저가 그들을 맞아주었다.

"안녕하세요? 이번에 데뷔하게 된 은하라고 합니다. 인사하러 들렸어요."

김지민은 또랑또랑하게 인사했다.

'우와, 예쁘다.'

유나윤은 인형 같은 외모를 가진 소녀였다. 김지민 자신보다 키도 컸고, 같은 여자가 보기에도 감탄할 만큼 매우 육감적인 몸매를 지니고 있었다. 다만, 쉽게 접근하기 힘든 분위기를 풍긴달까.

"안녕하세요. 나엘이라 해요."

유나윤이 환영한다며 자신의 CD를 주었다. 김지민도 CD를 건네며 그녀와 눈을 마주했다.

"오늘 같이 데뷔하니까, 우린 동기인가요?"

"하하하."

유나윤의 말에 김지민은 가볍게 미소 지었다. 그러나 마주 보는 서로의 눈에서 불꽃이 튀었다. 김지민이나 유나윤이나 서로를 경계하고 있었다.

간단하게 인사를 마치고, 강윤과 김지민은 대기실을 나섰다.

"어때?"

"예뻤어요. 그것도 엄청."

진심이었다. 남자들이 딱 좋아할 만한 키에, 슬림한 라인에, 인형 같은 얼굴까지. 외모로는 솔직히 따라갈 자신이 없었다.

"선생님. 제가, 저 애를 이길 수…… 있을까요?"

조금 자신감을 잃은 듯한 그녀의 말에 강윤은 부드럽게 웃었다.

"이긴다? 그게 중요한 건 아니지."

"그럼요?"

"네가 집중해야 할 건 네 노래를 듣는 사람들이야. 저 애가 아니라."

"아……."

김지민은 탄성을 냈다. 그의 말이 맞았다.

"노래를 부르고 싶어서 가수가 됐잖아. 이제 그 꿈의 시작에 섰고. 그렇지?"

"네."

강윤을 만난 순간부터, 이 자리에 오기까지의 일들이 영상처럼 눈앞을 스쳐 지나갔다. 생각해 보면 모든 과정이 즐거웠다. 오디션에서 떨어져 힘들어할 때, 강윤을 만났고, 어려운 형편에도 노래를 할 수 있게 해주었다. 여러 무대를 보고, 성장해 이 자리에 섰다.

지난 시간을 돌이켜보면 이 자리에 있는 것 자체가 기적이었다.

"저 애도 나름대로의 스토리가 있겠지. 그러나 중요한 건 지민이, 너야. 네 노래를 불러. 저 애는 저 애의 노래를 부를 테니까. 평가는 사람들이 할 거야."

"알겠어요."

대기실 앞에 도착하자, 강윤은 김지민의 등을 토닥였다.

"무대에 올라가는 순간, 노래에만 집중하면 돼. 뒷일은 나한테 맡기고. 알았지?"

"네. 알겠습니다!"

강윤은 김지민의 머리를 한번 매만져 주고는 대기실로 들여보냈다.

'또 하나가 시작됐구나.'

굳게 닫힌 대기실을 보며 강윤은 두근거리는 가슴을 진정시켰다.

월드엔터테인먼트의 신인이 드디어 무대에 오른다. 설렘과 걱정, 두근거림이 뒤섞인 마음으로 강윤은 무대로 향했다.

방송 녹화가 진행되고 있는 무대 뒤편에서 강윤은 정광진 뮤직캠프 PD를 만났다. 그는 강윤과 마주하자 작게 투덜거렸다.

"뮤직캠프를 맡게 되고 이렇게 악기들을 풀세팅한 적은 처음입니다."

"PD님 배려에 감사드릴 뿐입니다."

"어차피 기브앤테이크 아닙니까."

"물론이죠."

정광진 PD는 의미심장한 말을 남겼다. 앞으로 소속 가수가 잘되면 절대 잊지 말라는 이야기였다. 요즘 대형 소속사 가수들의 고개가 뻣뻣해 골머리를 앓는 그로서는 당연한 말이었다.

"서령이! 거기 박스 뭐야!"

강윤을 지나치며, 정광진 PD는 날선 소리로 AD에게 외쳤다.

무대는 분주히 돌아가고 있었다.

김지민의 데뷔 무대가 10분 전으로 다가왔다.

강윤은 이상이 없는지 콘티를 다시 한 번 살폈다. 리허설을 끝낸 무대도 혹시 몰라 한 번 더 올라갔다 왔다.

무대에서 내려오는데 한 여자가 강윤에게 다가오며 아는 척을 했다.

"강윤 오빠."

다이아틴의 메인보컬, 지현정이었다. 강윤은 의외의 만남에 손을 들었다.

"현정아. 오랜만이다."

"안녕하세요? 오랜만이에요. 잘 지내셨어요?"

"응. 오늘 뮤캠 녹화 온 거니?"

지현정의 반가워하는 표정과는 다르게 강윤은 다이아틴의 메인보컬을 만나자 조금 당황했다. 그가 알기로 다이아틴은 이미 활동을 끝내고 휴식기에 들어갔다 들었다. 추만지 사장이 혹시 이상한 수라도 쓴 건 아닌지 걱정이 되었다.

그러나 강윤의 생각과는 다르게 지현정은 뮤직캠프와는 전혀 관련이 없었다.

"오늘 라디오 녹음이 있어서 왔다가 들러봤어요."

"아, 그래?"

강윤이 안도의 한숨을 쉬자 지현정은 킥킥대며 웃었다.

"오빠, 지금 안심했죠?"

"응. 오늘 다이아틴 나오면 머리 아프거든."

"저번에도 느꼈지만 오빠는 진짜 솔직하네요. 걱정 마세요. 저희는 당분간 한국에서 활동 안 할 것 같아요. 회사에서 국내보다 해외 쪽으로 눈을 돌리고 있거든요."

"우리한테는 반가운 말이네."

"어? 에디오스 데리고 있다고 벌써부터 이러기예요?"

가벼운 장난에 지현정은 가볍게 눈을 들었다. 이미 강윤이나 다이아틴이나 앨범을 작업하며 친해졌다. 물론, 일과는 별개였지만.

―나엘 씨. 준비해 주세요.

지현정과 이야기를 나누고 있는데, 방송이 들려왔다.

"어? 쟤 GNB에서 데뷔한다는 애 아니에요?"

"맞아."

"오늘 재밌겠다. 와 보길 잘했네요."

유나윤과 댄서들이 무대 위에 오르는 모습을 보자 지현정은 호기심이 가득한 표정으로 강윤 옆에 섰다. 마치 재미있는 물건을 발견한 소녀의 모습이었다.

"스케줄 늦는 거 아냐?"

"미래의 경쟁자를 보는 거잖아요. 사장님도 별말 안 할 걸요?"

"너도 은근 대책 없구나?"

강윤이 혀를 찼지만, 지현정은 혀를 쏙 내밀며 강하게 나왔다.

두 사람은 무대로 눈을 돌렸다. 준비가 끝났는지 조명이 꺼지며 곳곳에서 관객들의 환호가 터져 나왔다.

"소리 없이~ 박혀오는 너의 눈빛은~ 난 아니라 속삭여~"

유나윤의 목소리가 시원하게 뻗어 나왔다. 그와 함께 그녀는 댄서들과 감각적인 퍼포먼스를 선보였다. 복부가 언뜻언뜻 보이는 복장은 계속 눈길이 가게 만들었고 유려한 허리선은 그녀의 춤을 더더욱 돋보이게 했다.

강윤의 눈에도 하얀빛의 향연이 펼쳐졌다. 똑 부러지는 퍼포먼스로 연신 관객들이 환호하고 있었다.

"춤 진짜 잘 추는데요?"

"그러게."

지현정과 강윤은 의견을 같이했다. 무대 위의 유나윤은 소위 날아다녔다.

그렇게 첫 곡이 끝났다. 두 번째 곡은 첫 번째 곡보다 좀더 부드러운 곡이었다. 첫 곡이 팝핀 위주의 격렬함이 주를 이루었다면 두 번째는 여성스러운 섹시미가 가미되었다.

유나윤의 퍼포먼스가 갈수록 분위기를 뜨겁게 달궈놓았다. 그녀의 긴 다리와 허리선은 남자들의 시선을 단박에 사로잡았고, 댄서들과의 하나된 군무는 흠잡을 곳이 없었다.

'대단하네.'

강윤도 인정하지 않을 수 없었다. 퍼포먼스가 빛을 강하게 만들고 있었다. 하얀빛이 뿜어져 나와 무대를 장악해 갔다. 옆의 지현정도 어느새 넋을 놓고 바라보고 있었다.

노래가 절정으로 향하자 홀로 무대 중앙에서 보이는 솔로 파트가 있었다. 유나윤은 몸을 꺾으며 팝핀을 선보였다. 조명들이 집중되고 뒤의 무대장치들도 그에 맞춰 변화했다.

"괜찮네요."

지현정은 덤덤한 어조로 말했지만 강한 경쟁심을 느끼고 있었다. 신인의 무대는 임펙트가 있었다. 신인 가수 나엘의 타이틀곡 '트러블'은 그녀만의 색깔이 뚜렷했다. 적당한 노출로 눈길을 가게 했고, 귀에 감기는 노래로 사람들을 사로잡았다.

'역시, 큰 기획사들이 다르긴 달라.'

강윤은 감탄했다. 재능 있는 가수에게 제대로 투자한 느낌이었다. 앞으로 회사가 자금을 투자할 테고, 큰 인기를 얻지 않을까 싶었다.

그러나 감탄만 할 강윤이 아니었다.

'우리 지민이도 만만치 않아.'

강윤은 확신했다. 김지민의 준비도 만만치 않았다. 저 가수보다 못할 이유가 전혀 없었다. 아니, 오히려 더 앞서리라는 것을.

이윽고, 신인 가수 나엘의 무대가 끝나고 김지민의 차례가되었다.

김지민은 AD의 안내를 받으며 긴장한 모습으로 무대에 올랐다. 무대에는 이미 세션들이 악기 세팅을 마치고 시작

신호를 기다리고 있었다.

"잘 부탁드립니다."

시작하기 전, 김지민은 돌아서서 세션들에게 고개 숙여 인사했다. 드레스 리허설 때 한번 맞춰봤지만, 본 무대에 오르니 더더욱 긴장되었다.

세션들은 걱정 말라며 손을 흔들었다.

'어린 친구가 예의도 바르네.'

'잘해줍시다.'

세션들은 서로를 마주보며 웃을 뿐이었다. 경험 많은 그들로서는 이런 무대는 일상이었다.

"들어갑니다!"

PD의 신호와 함께 김지민은 기타에 손을 올리고 눈을 감았다. 스트링의 차가운 감촉이 그녀의 머리를 맑게 해주었다.

조명이 어두워지며 그녀의 귓가에서 관객들의 웅성거리는 목소리가 사라지며, 지금까지 연습해 왔던 순간들이 머리를 스쳐 지나갔다.

4. 3. 2. 1.

드럼의 가벼운 하이엣 소리와 함께, 김지민은 기타를 연주했다. 그와 함께 마이크에 입을 가져갔다.

"살며시 다가와 내게 건넨 말~ 이건 달콤한 꿈일까~"

풍부한 김지민의 소리가 무대 위를 뒤덮었다. 그에 맞춰 음표들이 무대에서 하나의 빛을 만들기 시작했다.

'좋은 스타트야.'

하얀빛이 뿜어져 나왔다. 그러나 강한 빛은 아니었다. 하지만 초반부터 강렬한 이미지를 불러일으키는 곡은 아니었기에 강윤은 괜찮다 여겼다.

"아직 수줍은 내 맘~ 감추고 싶어도 그댈 보면~ 내 심장은 두근두근~"

김지민은 당김음과 반 박자가 가미된 어려운 기타 연주를 해나가며, 노래도 무리 없이 소화해 나갔다. 그에 맞춰 소리들이 하나둘씩 더해지기 시작했다. 드럼에서 림샷이 더해졌고, 베이스와 신디사이져의 스트링이 가미되었다.

그와 함께, 무대 위는 갖가지 색의 음표들이 하나의 강렬한 빛을 만들기 시작했다.

"오오!"

방금 전 신인의 무대를 본 관객들은 전혀 다른 색의 무대에 점점 집중하기 시작했다. 남자 아이돌의 플래카드를 든 팬클럽도, 우연히 관람권을 얻어 놀러온 관객도 김지민의 노래에 하나둘씩 빠져들었다.

드럼이 스몰탐탐을 두 번 두드리는 소리와 함께 잠시 연주가 멈췄다. 그리고 베이스의 슬라이드와 함께 모든 악기가 일제히 터져 나왔다.

"Happy Day~ 우리 함께 꿈을 꿔요~ 바래요~"

일렉트릭 기타도 작게 디스토션을 가미하며 분위기를 더하고, 김지민도 목소리를 높이며 분위기를 달궜다.

그와 함께 새하얀 빛이 강하게 뿜어졌다.

'좋아.'

강윤은 엷게 미소 지었다. 갓 데뷔한 새끼 가수였지만, 이미 무대 위를 훌륭하게 덮어가고 있었다.

"우리 둘만의 꿈을 꾸며~ Happy Day~~"

"우와아아아아아~~!"

1절이 끝나고 반주로 접어들 때, 관객들은 은하의 이름을 부르기 시작했다.

에디오스 때와 다르게 팬덤 형성에 대한 마케팅을 전혀 못한 강윤으로선 의외의 반응이었다. 분명 저들 중 김지민의 팬이 나올 거라고 강윤은 생각했다.

지현정은 조금 전 유나윤의 무대를 본 것보다 더 놀란 표정으로 강윤을 바라보았다.

"대박. 나엘은 애교네요. 저건 괴물이잖아요."

"괴물이라니. 애한테."

강윤이 가볍게 핀잔을 주었지만 지현정은 멍한 표정으로 말을 이어갔다.

"……목소리가 장난이 아니네요. 저 정도면 같은 또래에서 따라갈 애가 거의 없을 것 같은데요? 게다가 노래도 좋고……. 저 가야겠어요. 무슨 신인들이 이렇게……. 연습하러 가야겠어요."

지현정이 돌아서려하자 강윤은 웃었다.

"다 보고 가."

"아니에요. 저런 괴물 신인이 떴는데 가만히 있을 순 없죠."

"괴물이라니. 아무튼 사장님한테 고맙다고 전해줘."

"네. 오빠도 나중에 봬요."

지현정은 서둘러 자리를 떴다. 그녀는 가면서도 놀란 표정을 지우지 못했다.

그녀를 보내고, 강윤은 다시 김지민에게로 눈을 돌렸다.

어느새, 노래는 절정에 달해 있었다.

"우린 아마 같은 마음이 아닐까~~"

김지민의 목소리는 높이 올라가 있었다. 그녀의 올라가는 음에 환호성도 더더욱 짙어졌다.

"설레임~ 가득한 우린~ 이미 사랑하는 사이인 걸까~"

그 순간 마지막 음 높이가 최고조에 달했다. 드럼이 화려하게 돌아가며 든든한 저음을 비롯해 디스토션이 갖가지 효과를 더하며 절정을 화려하게 장식했다.

"와아아아아아아아~~!"

최고의 절정이었다. 관객들의 환호성도 최고조에 달했다. 누구의 팬이라는 구분은 없었다. 은하라는 신인에게 빠져든 사람들은 모두 한목소리를 냈다.

하얀 빛은 이미 은빛으로 변하려는지 찬란한 빛이 언뜻언뜻 비쳤다.

'은빛?'

절정을 넘어 다시 후렴으로 돌아왔다. 강윤은 무대의 빛에
놀라며 눈을 휘둥그레 떴다. 그러나 하얀빛이 은빛으로 변하
기 전, 노래는 끝을 맺었다.

'쩝. 아쉽네.'

강윤은 입맛을 다셨다. 멋진 데뷔 무대였지만 더 멋진 무
대를 만들지 못한 것에 따른 아쉬움이었다.

"감사합니다."

"은하! 은하!"

"다음 곡은······."

그런 강윤의 마음을 아는지 모르는지 김지민은 다음 곡을
준비했다. 곧 반주가 흐르고, 또 다른 데뷔곡을 부르기 시작
했다.

그렇게, 김지민은 은하라는 예명으로 대중 앞에 모습을 드
러냈다.

[인물 정보]

이름 : 은하(김지민)

직업 : 가수

출생 : 1994년 5월 17일

신체 : 161.8㎝, 44㎏

소속사 : 월드엔터테인먼트

학력 : XX고등학교

"아직도 믿기질 않아요. 우리 지민이가 인물 정보에 나
오다니……."

정혜진은 포털 사이트에 올라온 김지민의 인물정보란이
아직도 믿기지 않는지 놀란 표정을 감추지 못했다. 그러자
이현지가 그녀의 어깨에 손을 올리며 말했다.

"익숙해져요. 앞으로 이런 거 자주 보게 될 테니까."

"그런가요. 아, 지민이만 해도 적응이 안 돼요. 언제까지
나 마냥 귀여운 동생일 것 같았는데……."

"아주 먼 데로 가버린 것 같죠?"

"네."

정혜진은 솔직했다. 그러자 이현지가 부드러운 어조로 답
했다.

"그게 연습생과 가수와의 차이예요. 본인도 지금 그렇게
느끼고 있을 거예요."

"그러겠죠?"

"지금 상황에선 더할라나?"

이현지는 뉴스 카테고리에 뜬 기사를 가리키며 씨익 웃

었다.

–무서운 신인 은하 'Speak Happy Day'로 차트 위협.

–신인 가수 은하 'Speak Happy Day'로 연일 고공행진.

–은하, 'Speak Happy Day' 호평 이어져.

"이거 보세요, 오빠. 이게 다 제 이야기래요."

아직은 어색한 밴 안에서, 김지민은 핸드폰으로 '은하'라
는 단어를 검색했다. 그러자 각종 기사들이 쏟아져 나왔다.
데뷔한 지 며칠 지나지도 않았는데 이미 기사들은 그녀에 대
한 관심으로 뜨거웠다.

이젠 김지민의 매니저로 매일 함께하고 있는 최혁진은 당
연하다는 어조로 답했다.

"요즘 우리 은하가 핫하잖아."

"오빠, 우리끼리 있을 땐 예명 쓰지 말아주세요. 오글거
려요."

"안 돼. 사장님이 네가 익숙해질 때까지 계속 예명을 쓰라
하셨거든."

"우으……."

강윤이 지시했다는 말에 김지민은 아무 말도 하지 못했다.

최혁진 매니저는 김지민에게서 넘겨받은 핸드폰을 한번
훑어보더니 바로 건넸다. 그리고는 이상하다는 어조로 말

했다.

"그래도 우리 사장님은 핸드폰을 압수하지는 않네."

"다른 회사에서는 핸드폰도 뺏고 그래요?"

"아이돌이 특히 그러지. 나도 이전에 있던 회사 아이돌 애들은 핸드폰도 없었어. 핸드폰 있으면 열애설 터진다고."

"무시무시하네요."

"폰 없어도 사귈 애들은 다 사귄다는 게 함정이긴 하지만…… 젊은 애들이 서로 좋다는 걸 무슨 수로 막겠어."

김지민은 핸드폰을 받아 보물 다루듯 소중히 집어넣었다. 그 모습을 보며 최혁진 매니저는 웃음을 터뜨렸다.

"하하하하! 그래도 우리 사장님이 핸드폰 압수할 분 같진 않던데?"

"그러긴 한데……. 혹시 모르니까요."

"왜? 혹시 썸 타는 남자라도 있어?"

"아니요. 아직까지 눈에 차는 사람이 없네요."

김지민은 단호했다. 최혁진 매니저는 그녀의 말이 사실이라는 것을 알 수 있었다. 며칠 같이 있지 않았지만, 김지민 같은 애들은 똑 부러진 성격이었다. 맞으면 맞고, 아니면 아니었다. 그런 애들이 아니라면 아닌 것이다.

그들이 탄 밴은 다음 스케줄이 있는 춘천으로 출발했다.

5화
초콜릿 폭풍

　강윤은 국내 최대의 음반유통전문회사, 프리엘라엔터테인먼트에 방문했다. 그곳에서 담당자 이태식 부장과 미팅 중이었다.

　이태식 부장은 강윤에게 직접 커피를 내주며 이례적인 대접을 해주었다.

　"요새 은하 인기가 대단합니다. 계속 차트 위에서 놀고 있네요."

　이태식 부장은 자료를 보며 놀라움을 감추지 못했다.

　"감사합니다. 잘되고 있으니 저희로서도 기분이 좋네요."

　강윤은 김이 모락모락 올라오는 커피를 입가에 가져갔다. 긴장하며 왔는데, 좋은 이야기가 나오니 즐거웠다.

　음반이 발매된 지 2주가 지났다.

슬슬 차트가 바뀔 시점이었지만 은하의 앨범은 좀처럼 차트 상위권에서 내려갈 기미를 보이지 않았다. 타이틀곡 'Speak Happy day'는 5위권을 오르내렸고, 다른 수록곡들도 10위, 20위를 넘나들며 꾸준한 성적을 거두고 있었다.

이태식 부장은 디지털 싱글이 주를 이루는 상황에서 매우 드문 일이라며 칭찬을 아끼지 않았다.

"보는 음악이 대세를 이루는 상황에서 은하와 같은 스타일의 가수가 나오니 팬들이 많이 따르는 상황이죠. 직접 무대에서 보기도 좋고, 귀로 듣기에도 좋으니 호평이 이어지고 있습니다. 솔직히 말씀드리면 큰 기대를 하진 않았습니다."

"그저 잘되길 바랄 뿐이죠."

"아쉬운 건 뮤직비디오입니다. 데뷔 무대 영상을 보고 팬이 된 사람들이 뮤직비디오를 보고 실망했다는 반응이 상당하더군요."

"하하하……."

강윤은 어색한 웃음을 흘렸다. 뮤직비디오에 신경을 안 쓴 건 아닌데, 라이브 무대가 너무 강렬한 탓이었다.

그러나 이태식 부장은 괜찮다며 말을 이어갔다.

"지금 은하 홍보영상에 뮤직비디오가 정면에 나와 있습니다. 그걸 데뷔 영상으로 대체하는 게 어떨까 합니다."

"그게 낫겠네요. 그렇게 해주십시오."

강윤은 그 외에도 여러 가지를 이야기했다. 오프라인 매장에서의 반응과 그 외 다른 회사의 반응도 함께 물었다. 이태식 부장은 오프라인에서도 반응이 좋다고 했다.

"재미있는 건, 선배 가수들이 은하의 목소리에 주목하고 있습니다. 발성이 좋다는 분이 많았죠. 제가 만난 분들만 해도 상당했습니다."

"하하하. 어떤 분들인지 궁금하네요."

"은하는 좋겠습니다. 작업하고 싶은 선배분들이 많아서 말이지요. 까칠한 분들이라 피곤할지도 모르겠지만요."

이태식 부장은 장난스럽게 말을 남겼다.

한참 유통에 대해 이야기를 나누니 상당한 시간이 흘렀다.

석양이 질 무렵, 강윤은 자리에서 일어났다. 이제는 돌아갈 시간이었다.

"다음에도 좋은 일로 뵀으면 좋겠습니다."

"조심해서 가십시오."

강윤은 그렇게 프리엘라엔터테인먼트를 나섰다. 여러모로 이익이 있는 만남이었다.

'가 볼까.'

강윤은 유통사와의 미팅을 마치고 회사로 돌아갔다. 사무실로 올라가니 이현지가 이삼순과 한창 이야기를 나누고 있었다.

"사장님, 오셨나요?"

이현지가 그를 맞아주었다. 이삼순도 자리에서 일어나 강윤을 맞았다.

"다녀왔습니다. 삼순이도 왔네?"

"이사님하고 모던파머 이야기 중이었어요."

두 사람은 곧 녹화에 들어갈 프로그램에 대한 이야기를 하고 있었다. 강윤도 소파에 앉으며 이야기에 끼었다.

"가수 출연진이 삼순이까지 총 6명이군요. 그런데, 나엘이라. 며칠 전까지만 해도 다른 걸그룹으로 알고 있었는데……?"

강윤이 의아해했다. 그러자 이현지가 고개를 절레절레 흔들었다.

"나름대로 사정이 생긴 모양이에요. 프로그램을 총괄하는 CP하고 GNB 사장이 가까운 사이라더군요. 뭔가 딜이 오갔을 거라 생각해요."

"밀려난 게 우리가 아니라 다행이군요."

"뭐, 우리라고 밀려났다고 가만히 있었을까요?"

이현지의 말에 강윤은 고개를 저었다.

"그렇진 않았겠죠. 하긴, 이삼순이라면 충분히 욕심이 나는 캐릭터입니다. 저들 입장에서 교체할 만한 카드는 절대 아니죠."

PD가 바보가 아닌 이상, 이삼순은 절대 버리지 못할 카드였다. 방송 경력도 있고, 시골에서의 삶도 아는 특성 있는 캐릭터를 누가 버리겠는가.

"그 나엘이란 애, 엄청 밀어주네요."

이삼순의 말에 강윤이 웃으며 답했다.

"소속사가 크니까. 너희도 처음 데뷔할 때 회사에서 열심히 밀어줬어."

"그랬나……."

개구리 올챙이 적 생각 못 한다고 이삼순은 고개를 갸웃했다. 그 모습에 이현지마저 웃음을 터뜨렸다. 이삼순은 두 사람이 왜 웃는지 이해가 가질 않았다.

이야기를 돌려 강윤은 다시 이삼순에게로 화제를 돌렸다.

"총 출연진은 삼순이까지 8명입니다. 강원도 횡성에서 1박 2일 동안 합숙하면서 농사도 짓고, 말 그대로 살다 오는 게 컨셉입니다."

"말이 1박 2일이지 나중에는 2박 3일도 촬영할 수 있다 쓰여 있군요. 식사는 자급자족이고……. 한번 촬영 갔다 오면 피곤하겠어요. PD가 욕심이 많은 사람이군요."

"그런 만큼 편집만 잘하면 좋은 그림이 나올 수 있겠죠. 충분히 매력적인 소재라 생각합니다."

강윤은 PD에서 출연진으로 화제를 옮겼다. 이삼순도 자신이 직접 부대껴야 할 사람들이라 이야기에 집중했다.

"강현미는 41세로 여자들 중 가장 나이가 많죠. 큰 언니입니다. 덩치도 있고, 방송가에서 잔뼈가 굵은 사람이죠."

"인지도도 좋아요. 삼순이도 방송 같이 한 적 있었지?"

이현지의 물음에 이삼순은 고개를 끄덕였다.

"네. 현미 언니 사람이 정말 좋아요. 저한테 먹을 것도 많이 줬어요."

강윤은 먹을 것이라는 말에 실소를 머금었다.

"먹을 거 줘서 좋은 거 아니지?"

"그게, 50퍼센트?"

이삼순이 장난스럽게 혀를 내밀자 강윤은 풋 하며 웃음을 터뜨렸다.

이어서 계속 출연진에 대한 이야기들이 나왔다. 가장 나이가 많은 아버지뻘의 송학태부터 동년배 미리와 예리, 나이가 찬 아이돌 윤슬기에 신인 나엘까지, 다양한 출연진이 있었다. 강윤과 이현지는 이들의 프로필과 들어왔던 평들을 이야기하며 이삼순에게 어떻게 행동해야 할지를 이야기했다.

"……결론은 제가 시골에서 하던 대로 하면 되는 거네요?"

그 명쾌한 결론에 강윤은 동의했다.

"응. PD가 그걸 바라고 있어."

"너무 선머슴 같지 않을까요……?"

이삼순이 걱정하자 강윤은 고개를 저었다.

"괜찮아. 열애설만 없으면 다 괜찮으니까 편하게 행동해. 알았지?"

"열애설이요? 풋. 네, 알겠습니다."

명확한 방향 지도에 이삼순은 알았다며 크게 답하곤 자리에서 일어났다.

그녀가 숙소로 돌아가자 이현지가 강윤에게 물었다.

"에디오스 매니저는 두 명 이상은 구해야 하지 않을까요?"

"그래야죠. 그런데 에디오스는 커버하기가 쉽지 않아서……. 휴우. 머리가 아파오네요."

"당분간 사장님이 고생하셔야겠네요."

"……최대한 빨리 구해주세요."

할 줄 아는 게 많다는 것도 피곤한 일이었다. 강윤은 이삼순과 함께할 생각을 하니 벌써부터 머리가 아파왔다.

루나스의 4층, 에디오스의 연습실은 불이 꺼지는 날이 없었다.

정민아를 비롯한 에디오스 멤버들은 매일매일 연습에 매진하며 감각을 키워 나갔다. 그리고 개인의 몸을 만드는 운동도 게을리하지 않았다.

오늘도 정민아와 크리스티 안은 밤늦도록 연습에 매진하는 중이었다.

"후우……."

크리스티 안은 음악을 끄며 바닥에 털썩 주저앉았다. 이미그녀의 몸은 땀범벅이 되어 있었다.

"잠깐 쉴까?"

크리스티 안은 정민아의 제안을 반갑게 받아들였다.

정민아도 잠시 바닥에 앉자, 귀신같이 크리스티 안이 다가와 그녀의 무릎에 머리를 벴다.

"……넌 몇 년이 지나도 변함이 없구나."

"여기가 제일 편하거든. 너무 딱딱하지도, 부드럽지도 않고."

"사람들이 오해해. 맨날 우리끼리 붙어 다녀서."

"이거 어떡하나? 소문이 아니라 사실인데?"

"에엑?!"

정민아가 기겁하자 크리스티 안이 음흉하게 입꼬리를 들어올렸다.

"흐흐흐. 얌전히 네 몸을 내놓아라."

"시…… 싫어!"

두 사람은 이렇게 놀았다.

잠시 실랑이를 벌이다 정민아도 바닥에 누웠다. 높은 천장에서 비치는 조명은 연습에 더더욱 매진할 수 있도록 만들어주는 듯했다.

크리스티 안이 바닥을 구르다 정민아에게 고개를 돌렸다.

"민아야, 솔로 앨범 3월에 낸다 했지?"

"응. 아저씨가 그렇게 말했어."

"얼마 안 남았네. 곡은 나온 거야?"

"아직. 지민이 데뷔한다고 정신없었나 봐. 이제 작업 들어간 것 같은데?"

크리스티 안이 걱정과 설렘이 깃든 어조로 말했다.

"잘됐으면 좋겠다. 삼순이도, 너도."

"다 잘될 거야. 당연한 거 아냐?"

"그렇지?"

정민아는 자신만만한 얼굴로 웃어 보였다. 그때, 그녀는 뭔가가 생각났는지 자리에서 벌떡 일어났다.

"맞다! 내가 여기서 이럴 때가 아닌데!"

"왜 그래?"

"미안! 나 먼저 가 볼게!"

정민아는 평소의 그녀답지 않게 옷가지를 챙겨 연습실을 나섰다.

심지어 샤워도 하지 않았다.

"쟤가 왜 저러지? 뭐라도 터졌나?"

홀로 남겨진 크리스티 안만이 고개를 갸웃할 뿐이었다.

최근 수제 케이크를 만드는 가게가 붐을 이루고 있었다.

밸런타인데이를 맞아 많은 여자들이 가게를 꽉 채우고는 열심히 땀을 흘리고 있었다.

거기에는 이현아와 이차희도 한몫하고 있었다.

"나까지 왜 이런 데로 끌고 오는 건데?"

이차희는 생전 쥐어 본 적도 없는 생크림을 짜는 짤주머니를 쥐며 투덜거렸다. 그러나 케이크에 생크림을 짜는 그녀의 손길은 더할 나위 없이 섬세했다.

그 손놀림에 이현아가 만족하며 답했다.

"그래, 그거야! 차희야. 내가 너 없이 이런 걸 어떡해 해? 응?"

"그러니까. 내가 왜 이런 걸 해야 하냐고?"

"차희야아~"

이현아는 친구에게 없는 애교까지 부리며 도움을 청했다. 이차희는 결국 거기에 피식 웃어버리며 케이크에 생크림을 짜나갔다.

조금씩 케이크의 모양이 갖춰지자 이현아는 초콜릿을 정성껏 얹었다. 그리고 초콜릿을 짜며 글씨를 써나갔다.

-World ENT Forever.

초콜릿으로 된 글씨체를 보며 이차희가 한마디 했다.

"아직 우리 회사 1년 안 되지 않았어?"

"에이, 그런 거야 아무렴 어때. 기분 내는 거지."

'생일도 아니고…….'

주변에는 남자친구 주겠다며 케이크를 만드는 여자들로 가득했다.

이차희는 도무지 친구가 이해가 가질 않았다.

'그러니까, 밸런타인하고 회사 1주년하고 무슨 상관이냐고.'

그러나 친구의 들뜬 모습에 더 물을 수가 없었다.

이차희는 조용히 초콜릿을 올리며 케이크의 마무리 작업에 들어갔다.

같은 시각, 에디오스의 숙소.

치이이이이이이이익!

"언니! 냄비 타요, 냄비!"

서한유는 평소 부엌에서 절대 나지 않을 소리에 호들갑을 떨었다.

"물물물!"

"언니!"

요리하고는 전혀 관련 없는 두 사람은 한바탕 소동을 벌였다. 결국 초콜릿은 시꺼먼 재가 되며 타올랐고, 부엌은 연기로 가득 차올랐다.

한바탕 소동이 벌어지자 거실에서 구르며 TV를 시청하고 있던 에일리가 달려왔다.

"니들 뭐하니?"

"밸런타인 초콜릿 만들다가……."

정민아는 우물쭈물 답했다. 부엌이 연기투성이니 할 말이 없었다.

에일리는 그녀로서는 드물게 쌍심지를 켰다.

"불 세기는 어느 정도로 했어?"

"그냥 했는데……."

"뭐? 그럼 센 불로 녹인 거야!? 중탕도 안 하고?!"

"……."

"아니아니, 얘들이 무슨 짓을 한 거야?!"

친구의 타박에 정민아나 서한유는 고개를 깊이 떨어뜨렸다. 부엌을 메운 연기에 그들은 죄인이 되었다. 항상 똑 부러지는 두 사람이었지만 요리만큼은 젬병이었다.

"내가 못 살아."

시무룩한 두 사람을 보며 에일리는 긴 한숨을 내쉬고 팔을 걷어붙였다. 그녀는 다른 냄비를 꺼내어 휘핑크림을 넣고 가스레인지에 올렸다. 그리고 약불로 불을 조절하고 올리고당을 넣었다. 이후 휘핑크림이 끓기 시작하자 초콜릿을 넣고 끓여냈다.

"우와……."

인터넷에서 본 조리법대로 나오기 시작하자, 서한유가 진한 감탄사를 냈다. 분명 같은 조리법으로 했는데 알 수 없는 노릇이었다.

에일리는 어깨를 으쓱이며 말했다.

"휘핑크림이 너무 적었던 거야. 그리고 초콜릿이 너무 많앉어. 그러니 탔지."

"아……."

정민아도 그제야 이해했다. 지금 이 순간, 에일리가 그렇게 예뻐 보일 수 없었다.

이윽고, 냄비의 초콜릿이 녹아 걸쭉해졌다.

"틀 줘."

에일리의 주문에 정민아가 척하며 틀을 대령했다. 애니메이션 캐릭터 모양의 귀여운 틀이었다. 에일리는 틀에 조심스럽게 초콜릿을 부었다.

"코코아 분말도 있네? 이제 그거 뿌려서 냉장고에 보관하면 돼."

"옛설!"

정민아는 이거는 자신 있다며 바로 실행했다. 초콜릿이 많아서 시간이 제법 걸렸다.

그렇게 냉장고에 모두 넣으니 초콜릿이 완성되었다.

"후아암……."

긴 작업이 끝나고, 에일리는 기지개를 켰다.

정민아는 그녀의 어깨를 주물렀다.

"에일리! 고마워. 덕분에 살았어!"

"훗. 뭘 이 정도로."

정민아의 말에 에일리는 가슴을 펴고 씨익 웃었다. 평소, 연습 못 따라온다며 구박받던 에일리는 없었다. 지금 이 순간, 그녀는 요리의 신이었다!

서한유도 에일리를 보며 입을 벌렸다.

"고마워요, 언니. 그런데 민아 언니, 이거 누구한테 주려는 거예요?"

"이거? 아……. 그게, 회사 사람들한테 돌리려고."

"그래요? 다들 좋아하겠다."

"그…… 그렇지?"

대수롭지 않게 넘기는 서한유를 보며 정민아는 진땀을 흘렸다.

"여기 의리 초콜릿이요."

강윤은 출근하자마자 이현지가 주는 고급 초콜릿을 받고는 의아한 표정으로 물었다.

"오늘 무슨 날인가요?"

초콜릿을 받으며 강윤은 의아한 얼굴로 물었다. 그러자 초콜릿을 준 이현지가 어이없다며 헛웃음을 터뜨렸다.

"오늘 밸런타인데이잖아요."

"네? 아, 오늘이 벌써……."

강윤은 달력으로 눈을 돌렸다.

2월 14일.

연인, 썸 남녀 등등 여러 가지가 얽힌다는 문제의 그날이었다.

"그럼 3월에 기대할게요."

이현지가 준 초콜릿은 제법 비싼 초콜릿이었다. 강윤은 고맙다 인사하고는 그것을 입에 넣었다. 초콜릿 안에 다른 뭔가가 또 다른 맛을 안겨주는, 색다른 맛이 있었다.

이어 정혜진이 출근하더니 시중에서 파는 초콜릿을 내밀었다.

"사장님, 3월에 기대해도 되나요?"

정혜진의 기대 어린 말에 강윤은 어색한 웃음으로 답할 뿐이었다.

커피를 타 자신의 자리로 가져가며 이현지가 강윤에게 물었다.

"오늘 전체회의 소집했죠?"

"네. 지민이 앨범도 잘되고 있고, 다음 안건도 나눠야 하니까요. 앞으로는 한 달에 한 번은 모여야 할 것 같네요."

그들은 가수들에게 나눠 줄 자료 준비를 서둘렀다.

얼마 있지 않아 김재훈과 김지민이 문을 열고 들어왔다. 김재훈은 입에 뭔가를 넣고 우물거리고 있었다. 그의 손에는 사각형의 큰 초콜릿이 들려 있었다.

김지민은 강윤에게도 초콜릿을 내밀었다. 시중에서 파는 영어가 쓰여 있는 초콜릿이었다.

"혼자 다 먹으라고?"

"혼자 다 드실 수 있겠어요? 그러다 이 썩어요."

강윤은 김지민에게 농담을 건넸다가 되레 걱정을 받았다.

가수들이 하나둘씩 모이기 시작하자 사무실에 있던 모두는 스튜디오로 내려갔다.

얼마 있지 않아 희윤부터 크리스티 안, 에일리 등이 모였다. 그들 모두가 강윤에게 초콜릿을 주었다. 삽시간에 강윤의 손에는 초콜릿이 한 아름 들려 있었다.

그 모습을 보며 이현지가 부럽다는 투로 이야기했다.

"우리 사장님, 한 인기하시네요."

"저도 이런 적은 처음이군요."

"이따 저 좀 나눠 주세요. 요새 당이 모자라서 일이 안 되는데……."

"하하하하."

이현지의 농담에 스튜디오는 웃음바다가 되었다.

그때, 문이 열리며 정민아와 이현아가 들어왔다. 정민아의 손에는 큼직한 종이가방이, 이현아의 손에는 커다란 케이크 박스가 들려 있었다.

"우와. 민아나 현아는 스케일이 다른데요?"

두 사람의 손에 들린 것을 보고, 이현지의 눈이 왕방울만 해졌다. 다른 사람들도 마찬가지였다. 누구에게 주는 것인지 묻기도 전에, 정민아와 이현아는 누가 먼저랄 것도 없이 들고 온 것을 강윤에게 내밀었다.

"이거…… 나 주는 거니?"

강윤이 당황하며 어색한 미소를 지었다.

"……."

"……."

동시에 자신이 준비한 것을 내민 두 여인의 눈에서 불꽃이
튀기 시작했다.

"쟤들 장난 아닌데?"

"우와, 살벌하다, 살벌해."

에디오스, 하얀달빛의 멤버들은 정민아와 이현아를 보며
수군댔다.

"쟤들 뭐야?"

희윤도 이상한 기류를 느끼고는 눈이 동그래졌다. 오빠가
여자하고는 거리가 먼 줄 알았건만, 자신의 생각과는 전혀
딴판이었다.

그러거나 말거나, 정민아나 이현아의 기세는 전혀 사그라
지지 않았다.

'어쭈? 이것 봐라?'

'허? 이 불여우 보게?'

두 사람은 조금이라도 더 자신의 것이 낫다는 것을 강조하
려는 듯, 조금 더 강윤에게로 다가왔다. 그러다 보니 두 사람
의 거리는 점점 더 가까워져 어깨가 부딪쳤다. 그러자 두 사

람의 표정이 살짝 일그러졌다.

그때 강윤이 부드러운 어조로 말했다.

"케이크에 초콜릿까지. 희윤이한테도 이런 선물은 받아본 적이 없었는데. 고마워."

강윤은 웃으며 동시에 두 사람이 내민 선물을 받아 들었다.

"어? 난 또 왜?"

그러자 난데없이 제물이 된 희윤이 발끈했다.

"큭큭큭."

그제야 모두가 웃음을 터뜨렸다. 미묘하게 흐르던 이상한 기류도 함께 날아갔다.

강윤은 그제야 박수를 치며 분위기를 전환했다.

"자자, 그럼 회의를 시작해 볼까?"

이현아와 정민아도 자리로 돌아가고, 본격적인 회의가 시작되었다.

강윤은 받은 선물들을 한곳에 내려놓고는 차분한 어조로 운을 띄웠다.

"헤븐 차트를 기준으로 오늘 아침 지민이의 타이틀곡 순위는 3위였어. 같이 데뷔한 나엘의 순위가 15위인 걸 감안해 보면 매우 높은 순위라 할 수 있어. 그 외 앨범 수록곡이 7위, 16위, 23위를 기록하고 있어. 2주 차에 이 정도면 굉장히 좋은 성적이야. 차트 인기에 맞물려서 행사도 꾸준히 들어오고 있고. 지민아, 요새 스케줄 빡빡하지?"

"네, 엄청……."

김지민이 작은 소리로 답했다. 그러자 강윤이 손을 들며 말했다.

"앞으로 아주 바빠질 거야. 앞으로 힘내라는 의미로 모두 박수."

선배들의 박수를 받자 김지민은 살짝 얼굴을 붉히며 머리를 숙였다. 뿌듯함, 부담감 등 여러 감정이 교차했다.

이어서 강윤은 에디오스에 대한 이야기로 넘어갔다.

"지민이 스케줄은 혁진 매니저 통해서 이야기할 거야. 필요한 건 바로바로 이야기하고."

"네."

"그럼 다음. 제니하고 민아로 넘어가자. 두 사람에 대한 것들은 윤곽이 잡혔어. 하지만 나머지 멤버들은 아직 뚜렷한 이야기가 나오지 않았지?"

"……."

강윤의 물음에 크리스티 안을 비롯한 다른 세 사람의 눈빛이 흐려졌다. 강윤은 그들 방향으로 고개를 돌리며 말을 이어갔다.

"에디오스가 온전히 컴백하려면 모두의 힘이 필요해. 혹시 누구는 솔로로 활동하는데 나는 소외된다든가 이런 생각을 하고 있지는 않지?"

"아뇨, 절대, 절대로요."

크리스티 안이 놀란 어조로 말했다. 그때, 정민아가 툴툴댔다.

"강한 부정은 긍정이라는데."

"야!"

"큭큭."

정민아의 장난스러운 말에 크리스티 안이 쌍심지를 켜며 소리쳤다. 사람들은 킥킥대며 웃어댔다.

"내가 설마 정민아 같은 것을 부러워할까?"

"아니었어?"

"네버네버."

"쳇."

두 사람의 티격태격에 회의실은 화기애애했다.

강윤은 웃으며 박수를 쳤다. 그러자 시선이 다시 강윤에게로 돌아왔다.

"자자, 그런 생각은 안 하고 있다니 다행이야. 아무튼 제니와 민아 일이 진행되면 다른 멤버 잡을 거니까 준비하면서 기다려 줘."

"네, 알겠습니다."

에디오스 멤버들의 힘찬 대답이 이어진 후, 강윤은 시선을 김재훈과 하얀달빛에게로 돌렸다.

이전과 크게 달라진 것은 없었다. 김재훈은 지금처럼 행사

위주로 스케줄을 진행하고, 하얀달빛은 공연장에서 인지도를 쌓으며 추후 방송에 데뷔하자고 말했다.

강윤의 이야기가 끝나고 작곡가 희윤과 이사 이현지의 발언이 이어지고, 가수들도 각자 회사에 원하는 것들을 이야기했다.

그렇게 각자가 회사에 대한 이야기를 하고, 강윤이 회의를 정리했다.

"아직 우린 규모가 작은 회사지만, 모두 열심히 해줘서 꾸준히 성장하고 있어. 회사가 커지는 만큼, 모두에게 많은 것이 돌아가도록 할게. 모두들 힘내줘."

"네!"

화기애애한 분위기 속에 회의가 끝났다.

가수들이 스튜디오를 나서니, 강윤도 천천히 뒷정리를 했다. 그때 이현아가 다가왔다.

"오빠."

작게 들려오는 말에 강윤은 고개를 들었다.

"응? 왜 그러니?"

"저⋯⋯. 꼭 케이크 먼저 드세요."

"응?"

수줍게 말한 그녀는 강윤의 답도 듣지 않고 스튜디오를 후다닥 뛰쳐나갔다.

"뭐지?"

강윤이 멍한 눈으로 얼떨떨하게 서 있는데, 이번에는 정민아가 다가왔다. 그녀는 평소의 호방한 모습과는 다르게 입술을 달싹였다.

"민아야, 할 말 있니?"

"그게……. 에이! 아저씨, 간식으로는 케이크보다 초콜릿이 훠얼씬~ 나아요. 꼭! 먼저 드세요."

"뭐?"

알 수 없는 말을 남기며, 정민아도 스튜디오를 도망치듯 뛰어나갔다.

"뭐야, 저 애들?"

강윤은 황당한 표정으로 그녀가 나간 문을 멍하니 바라았다.

김지민의 앨범 작업이 끝난 이후, 강윤의 외근은 많이 줄어들었다. 며칠 전, 프리엘라엔터테인먼트에 다녀온 것과 공연 일로 루나스에 왕래한 것이 전부였다.

이현지는 사무실에 앉아 기사를 보는 강윤에게 농담을 건넸다.

"사장님이 사무실에 있는 게 당연한 건데, 요즘은 왜 이렇게 어색한지 모르겠네요."

강윤은 이현지가 건네는 커피를 마시며, 어깨를 으쓱였다.

"왜 그런가요? 이상합니까?"

"그런 건 아닌데, 계속 밖에만 있었잖아요. 사무실 안에서 보니까 새롭네요."

"저도 그렇습니다. 사무실 안에 있는 제가 새로워요."

이현지는 강윤과 몇 마디 주고받고는 컴퓨터로 눈을 돌렸다. 그러나 그녀가 컴퓨터 업무에 집중할 수 있는 시간은 얼마 되지 않았다. 정혜진이 받은 전화가 계속 그녀에게로 연결된 탓이었다. 그러나 이현지는 불만 하나 토로하지 않고 웃으며 전화 업무를 수행했다. 나중에는 전화를 받으며 다른 업무까지 보는 신기를 발휘했다.

'대단하네.'

그런 이현지를 보며 강윤은 진심으로 감탄했다. 한편으로는 미안하기도 했다. 결국 인원이 부족해 커지는 능력이었으니 말이다. 사람을 구하고는 있지만, 이현지의 깐깐한 성격 탓에 아직 마땅한 사람을 구하지 못하고 있었다.

강윤도 업무를 시작하려는 그때, 회사 1층에 누군가의 방문을 알리는 벨 소리가 울렸다. 정혜진은 서둘러 1층으로 내려갔다. 곧 그녀는 상자 하나를 들고 2층으로 올라왔다.

"사장님, 퀵 왔어요."

"퀵?"

강윤은 고개를 갸웃했다. 갑자기 퀵이라니. 받기로 한 물건도 없었다.

정혜진은 강윤에게 상자와 영수증을 건넸다.

"배송비는 그쪽에서 지불했대요. 그래서 수령인란에 사인해서 보냈습니다."

"알았어요."

강윤은 상자 위의 송장을 살폈다. 주소가 영어도 아닌 것이 이상한 언어로 나와 있었다.

"이건 어느 나라 말이야?"

"왜 그런가요?"

이현지가 자리에서 일어나 강윤의 자리로 왔다. 그런데 그때, 강윤은 송장의 발신자란을 보더니 눈이 휘둥그레졌다.

"민진서?!"

"네?"

그 말에 정혜진이 당황하며 물었다.

"민진서요?! 설마, '어느 봄날의 판타지'에 나온 그 민진서요?"

"하하……."

이현지도 민진서라는 말에 믿을 수 없다는 듯 어색하게 웃자 강윤은 고개를 저으며 답했다.

"어느 봄날의 판타지라는 영화는 잘 모르겠지만, 내가 아는 진서는 그 애밖에 없네요. 다른 진서가 이런 걸 보냈을 리도 없고……."

"네에에에?!"

정혜진은 송장을 확인해 보았다. 수신자 주소 맨 밑에 영어로 'LEE KANG YOON'이라 크게 적혀 있었다. 게다가 주소도 정확했다. 발송 사고 같은 게 절대 아니었다.

'마…… 말도 안 돼!'

정혜진은 경악했다. 회사에서 부딪쳤던 연예인들, 다른 가수들과 비교해 봐도 민진서는 격이 달랐다. 그녀가 촬영한 드라마, 영화 중 뜨지 않은 작품이 없어 흥행퀸이라 불렸으며 외모, 성격 등 무엇 하나 빠지는 것이 없는 팔방미인이었다. 말 그대로 초일류 스타다.

그런 그녀가 왜, 대체 어째서 이런 곳에 선물을?!

"사, 사장님! 어…… 어…… 얼른 까, 까 봐요!"

정혜진은 이성을 잃고 외쳤다. 강윤은 자신보다 더 놀라는 그녀를 보며 눈을 껌뻑였지만, 이미 정혜진은 너무 놀라 뵈는 게 없었다.

"허허……."

강윤은 어깨를 으쓱하곤 상자를 열었다. 그러자 표지에 'RoCa'라 적힌 검은 상자가 있었다. 작은 상자를 열자 다크 초콜릿이 정갈하게 놓여 있었다.

그런데 그 초콜릿을 보자 이번에는 이현지의 표정이 경악으로 물들었다.

"세상에! 로카잖아요."

"로카요?"

강윤이 경악에 물든 이현지를 보며 물었다. 지금까지 이렇게 놀라는 이현지를 본 적이 없었다. 그가 이유를 묻자 이현지는 침을 꿀꺽 삼키며 초콜릿에 대해 이야기해 주었다.

"로카는 세계에서 가장 비싼 초콜릿 중 하나예요. 예전에 덴마크에서 딱 한 번 본 적이 있어요. 칠성급 호텔에서도 스위트룸 룸서비스에서나 받을 수 있다는 초콜릿이라는군요. 진서, 얘도 참 엄청난 걸 보냈네요."

"하하……."

이 정도면 초콜릿이 아니라 신줏단지였다. 강윤도 놀라 침을 꿀꺽 삼켰다.

"아아, 하나 얻어먹으려 했는데……. 이건 도저히 안 되겠네요."

이현지는 고개를 절레절레 흔들었다. 정혜진의 벌어진 입도 다물어지지 않았다. 여러 가지 의미로 강윤에게 놀랐다.

"돌려주기도 뭐하고……. 난감하네요."

강윤도 강윤대로 난감했다. 밸런타인 선물을 돌려주는 것도 웃기는 노릇이다. 그렇다고 이런 비싼 선물을 받고 그냥 넘어가는 건 도리가 아니었다.

"MG에다 보낼 수도 없고……."

반송하려고 해도 문제였다. 민진서에 대한 자료가 그에게 남아 있을 리 없었다. 그렇다고 MG엔터테인먼트에 갖다 주기도 애매했다. 민진서에게 초콜릿 받았다고 광고해 봐야 피곤해진다.

'이 이사님에게 요청해 볼…… 아, 아냐. 아이고. 생각해
줘서 고마운데, 화이트데이는 또 어쩌지? 어휴…….'

로카 같은 선물을 어떻게 구해야 할지. 다가오는 화이트데
이를 생각하니, 머리가 아파왔다.

강윤은 결국 깊이 생각하기를 관두고 서랍에 초콜릿을 넣
고, 키를 걸어 잠갔다.

"아까워라……."

"그러게요……."

잠긴 책상을 보며, 이현지와 정혜진은 안타까운 시선으로
입맛을 다셨다.

AM 4:17

해도 뜨지 않은 어두운 새벽.

숙소 현관에서 이삼순은 운동화를 고쳐 신었다.

"잘 다녀와."

이른 새벽이었지만, 에디오스의 모든 멤버가 일어나 이삼
순을 배웅해 주었다. 심지어 아침잠이 많은 에일리까지 졸린
눈을 비비며 손을 흔들어주었다.

이삼순은 그런 멤버들을 향해 활짝 웃었다.

"나 잘하고 올게."

"분량 많이 뽑고 와."

한주연의 말과 함께 이삼순은 현관문을 닫으며 숙소를 나섰다. 대표로 정민아가 그녀와 함께 밖으로 나섰다. 차까지 배웅을 해줄 생각이었다.

숙소 앞, 밴 앞에서 강윤이 이삼순을 기다리고 있었다.

"에? 팀장님?"

"으엑?! 아저씨!"

이삼순은 이곳에서 강윤을 볼 줄은 몰랐는지, 의외라는 표정으로 허리를 숙였다. 그러나 그녀 뒤의 정민아는 화들짝 놀라며 고개를 돌렸다. 모자까지 푹 눌러쓰며 강윤에게 얼굴을 보이지 않으려 애썼다.

"잠은 잘 잤어?"

"네. 사장님이 직접 나오셨네요? 상호 오빠는요?"

강윤의 물음에 이삼순이 편안하게 답했다. 반면 그녀 뒤의 정민아는 우물쭈물하며 고개도 들지 못했다.

"차 안에. 아무래도 중요한 촬영이라 어떤 곳인지 직접 봐야 할 것 같아서."

"아아."

강윤의 이런 모습에 이삼순은 적잖이 안심했다. 이렇게 신경을 쓰는 모습 하나하나가 믿음을 주었다.

"빨리 타. 아침은 먹고 들어가야지."

"네."

이삼순은 차에 올랐다. 강윤은 그녀가 가지고 나온 캐리어를 함께 실어주었다.

짐을 싣고, 강윤도 함께 차에 올랐다.

문을 닫기 전, 강윤은 아직도 우물쭈물하며 고개를 숙이고 있는 정민아에게 말했다.

"민아야, 옛날에 네 쌩얼은 질리게 봤어. 그렇게 안 가려도 돼."

"아 진짜! 아저씨!"

"하하하. 다녀올게."

정민아의 부끄러워하는 모습에 강윤은 한바탕 웃고는 문을 닫았다.

촬영 장소는 강원도 횡성이었다. 서울에서 횡성까지는 약 2시간 정도. 그러나 그곳에서도 1시간 정도 더 산골로 들어가야 했다.

촬영은 8시부터 시작이었다. 여유 있게 나온 탓에 강윤 일행은 휴게소에 들릴 수 있었다.

"그 정도 먹어서 되겠어?"

강윤이 잔치국수를 맛있게 먹는 이삼순에게 물었다. 그러나 이삼순은 괜찮다며 만족했다.

"이 정도면 충분해요."

"촬영 들어가면 배고플 텐데. 하루 종일 촬영이라 밥때가 언제가 될지 몰라."

"그것도 그러네요."

이삼순은 강윤의 조언대로 간식거리들을 더 샀다. 리얼 버라이어티 프로그램 특성상 먹을 수 있을지, 없을지 몰랐지만 자신의 건강은 스스로 챙겨야 하는 법이었다. 카메라가 찍히지 않는 곳에서 몰래 먹을 수 있기도 했으니 먹을 것은 챙겨 두면 좋았다.

어느덧 차는 횡성에 도착했다. 곧 산길로 접어들자 점점 도로가 좁아졌고, 굽이쳤다.

"아, 어지러워……."

멀미에 약한 이삼순은 멍한 표정으로 의자에 몸을 기댔다.

"도착할 때까지 자둬."

강윤은 이삼순을 달래며 휴식을 취하게 했다. 첫 촬영, 무엇보다 컨디션이 중요했다.

이삼순이 고이 잠들고 약간의 시간이 지났을 때였다.

"사장님, 저 사람인가요?"

운전대를 잡은 정상호 매니저가 도로가에 서 있는 AD를 보며 물었다. 강윤은 전방을 보고 고개를 끄덕이곤 이삼순을 깨웠다.

"삼순아, 일어나야지. 다 왔어."

"우으."

잠시 잠을 잔 게 유용했는지, 이삼순은 세상을 다 얻은 표정으로 눈을 떴다.

AD 앞에서 차가 멈췄다. 강윤이 문을 열자 이삼순은 커다란 가방을 들고 차에서 내렸다.

"제니 씨, 안녕하세요?"

"안녕하세요?"

이삼순은 스태프들에게 예의바르게 인사하고는 카메라로 눈을 돌렸다. 도착하자마자 카메라는 돌아가고 있었다.

"매니저분은 이제 돌아가시면 됩니다."

"네?"

여운현 PD의 말에 이삼순의 눈이 화등잔만 해졌다. 당황스러웠다. 매니저는 주변에서 대기하는 게 아니었나? 녹화 현장을 계속 지켜보는 줄 알았는데, 그게 아닌 모양이었다.

그러나 강윤은 이미 알고 있었는지 웃으며 고개를 끄덕였다.

"우리 제니, 잘 부탁드립니다."

"당연하지요. 그럼."

강윤은 두말 않고 차 문을 닫았다.

"어어? 사장님, 사장님!"

이삼순이 당황하며 강윤을 불렀지만, 차는 미련 없이 쌩하니 가버렸다.

그녀 혼자 남겨지는 그림이 그려지고 있었다.

"큭큭큭."

스태프들이 킥킥거리고, 몇몇 지켜보던 마을 주민들도 귀여운 소녀의 난처함에 허허하며 웃었다.

그런 이삼순에게 여운형 PD가 다가왔다.

"여기에 핸드폰 올려주시고요."

그의 손에는 소쿠리가 들려 있었다. 소쿠리 안에는 몇 대의 핸드폰이 담겨 있었다. 미리 도착한 출연진의 것이었다.

'여기 장난 아니구나…….'

이삼순은 핸드폰을 꺼내며 생각했다. 이 촬영, 만만치 않을 것 같다고.

6화

제니? No, No. 삼순이!

　희윤의 방학은 작곡으로 시작해서 작곡으로 끝났다 해도 과언이 아니었다.

　김지민의 데뷔곡 'Speak Happy day' 작업을 비롯해 미니앨범 수록곡에 이어 이번에는 정민아의 디지털 싱글까지. 이어지는 작업에 함께 온 레이나가 혼자 놀기 심심하다며 툴툴댔지만, 희윤에겐 친구와 놀아줄 여유도 없었다.

　스튜디오에서, 정민아는 희윤이 가져온 곡을 듣고 있었다. 편곡에 들어가지 않은 작곡만이 끝난 곡이었다. 희윤의 피아노 연주를 들으며, 정민아는 고개를 갸웃했다.

　"멜로디만으로는 느낌을 잘 모르겠어요."

　"흐음. 그래? 느낌만 알면 되는 거지?"

　"네. 혹시 처음 전주를 브라스로 연주 가능할까요? 그럼 느낌을 알 것 같은데…….”

희윤은 정민아의 말대로 소리를 바꿔 들려주었다. 피아노와는 전혀 다른 느낌에 정민아는 머리를 움직이며 몸으로 리듬을 타기 시작했다.

초반부를 연주한 희윤은 곧 신디사이저에서 손을 뗐다. 그러자 정민아가 말했다.

“오, 이 느낌이에요. 박자도 딱 맞는데요?”

“마음에 들어? 다행이다.”

정민아가 엄지손가락을 들자 희윤은 그제야 안도의 한숨을 쉬었다. 가수가 자신의 노래에 만족하는 그 순간, 희윤은 행복했다.

희윤은 이어 다음 전주를 들려주었다. 정민아는 이어지는 전주에 귀를 기울였다.

“전체적인 느낌이 이런 건가요?”

“일단은. 여기에 약간 효과음들을 넣어야지. 계속 브라스 효과 넣어줄까?”

정민아의 물음에 희윤은 반문했다. 그러자 정민아는 잠시 생각하더니 말을 이었다.

“이 곡은 브라스가 어울리는 것 같아요. 리듬 타기에도 좋고……. 계속 넣으면 좋을 것 같아요.”

“알았어. 오빠한테 말해둘게.”

“네. 그리고…….”

정민아는 그 외, 곡에 대해 느낀 것들을 희윤에게 이야기했다. 희윤은 악보에 그녀의 요구사항들을 적으며 수정할 것들을 생각했다. 역시, 현역 가수라 김지민보다 요구하는 것이 많았다.

악보의 여백이 빼곡해지자 정민아의 요구도 끝났다.

"수정할 게 많네. 요구 다 반영하려면 쉽지 않겠어. 다음에는 오빠랑 같이 보자."

"네. 수고하셨어요."

곡에 대한 회의가 끝나자, 두 사람은 자리에서 일어났다.

정민아가 인사하며 뒤돌아설 때, 희윤이 정민아에게 물었다.

"얘, 민아야."

"네?"

"우리 친한 사이지. 그렇지?"

"네? 물론이죠."

무슨 말을 하려는 것인지, 심상치 않았다. 희윤의 웃는 표정에 정민아는 바짝 긴장했다.

"그래그래. 그런데 말이야, 오빠한테만 초콜릿 주고. 칫. 나 조금 섭섭했어."

"……."

난데없이 날아온 초콜릿 이야기에 정민아는 침을 꿀꺽 삼켰다. 희윤에게 이런 면이 있을 줄은 상상도 못 했다. 이현아와 정민아, 둘의 불꽃을 잠재우느라 강윤이 희윤을 이용한 것 때문에 이러는 게 분명했다.

'히익······.'

정민아는 겁이 덜커덕 났다. 평소에 착한 사람이 화가 나면 그렇게 무섭다더니, 지금 희윤이 딱 그 짝이었다.

그러거나 말거나, 희윤은 미소를 지으며 정민아에게 팔짱을 끼었다.

"나도 초콜릿 참 좋아하는데. 민아야."

"네?"

"나중에 말이야. 나도 부탁······ 좀 해도 될까?"

말이 부탁이지 이건 숫제 협박이었다. 희윤은 웃고 있었지만, 그녀의 주변은 뭔가 알 수 없는 기류가 흐르고 있었다. 평소의 천사 같은 작곡가는 온데간데없이 사라지고, 눈앞에는 사악한 미소를 짓는 시누이가 자리 잡고 있었다.

"하하하······ 무, 물론이죠."

정민아는 어색하게 웃으며 다른 곳으로 눈을 돌렸다.

'아저씨이······.'

정민아는 마음속으로 강윤을 간절히 찾았다. 그러나 그날따라 강윤은 코빼기도 보이지 않았다.

♪♩♪♩♪♫♪♩

강윤은 이삼순을 내려주고, 촬영장인 칠암리를 돌아봤다.

칠암리는 평범한 시골 마을이었다. 마을 뒤에는 산이 있었고, 앞에는 냇가가 흐르는 아름다운 경관을 자랑했다.

냇가에서, 강윤은 커다란 바위에 주저앉아 주위를 돌아보았다.

'저기가 촬영장인가?'

멀지 않은 곳에 마을회관이 자리하고 있었다. 그곳에서 많은 사람이 분주히 움직이는 모습이 눈에 들어왔다. 크레인 같은 커다란 검은 물체 지미집이 보였고, 그것을 중심으로 많은 사람이 그곳을 둘러싸고 있었다. 마을회관에서 촬영이 진행되고 있었다.

'삼순이가 잘해야 할 텐데.'

그녀가 자라왔던 고향과 방송 환경이 비슷하겠지만, 방송이라는 게 만만치는 않을 것이다. 방송에 나갈 분량을 만드는 일은 말 그대로 전쟁이니 말이다. 이삼순이 프로그램에 대해 분석하고, 철저히 준비하며 캐릭터를 만들어놨다는 것을 알고 있었지만, 무슨 일이 생길지 모르니 강윤은 걱정되었다.

하지만 그가 이곳에 계속 있다고 무언가를 해줄 수 있는 것도 없었다. 다른 출연진의 매니저들도 마을 밖에서 대기하며 한담을 나누고 있었다.

결국, 강윤은 매니저 정상호에게 뒷일을 부탁했다.

"이만 가봐야겠네요. 삼순이 잘 부탁합니다."

"네. 걱정하지 마십시오."

강윤은 터미널까지 모셔다드리겠다는 매니저의 배려를 사양하며, 버스에 올랐다.

"터미널 가나요?"

"네이, 갑니다."

나이가 있는 버스 기사에게 노선을 확인한 강윤은 빈자리에 가서 앉았다.

'피곤하군.'

새벽에 일어난 후유증이 몰려오며 눈꺼풀이 감겨왔다.

거친 돌길에 덜컹거리는 버스에서, 강윤은 꾸벅꾸벅 졸다가 창가에 머리를 기대며 깊은 잠에 빠져들었다.

"이보게, 이보게!"

"……."

"젊은이."

"으음……."

몸이 흔들리는 느낌에 강윤은 힘겹게 눈을 떴다.

그런데 눈을 뜨자마자 웬 나이 든 할아버지의 얼굴이 눈앞에 확 들어왔다.

"흡!"

"아니, 뭘 그렇게 놀라나. 허허. 피곤했구먼. 종점이야. 이제 내려야지 않겠나."

"종점……. 아!"

종점이라는 말에 강윤은 그제야 정신이 들었다. 창밖을 보니 본래 목적했던 터미널이 아닌, 웬 허름한 기차역에 도착해 있었다.

"허……."

강윤은 허겁지겁 버스에서 내렸다. 근래에 보기 드문 실수였다. 버스 정류장에서 내렸으면 서울까지 금방이건만. 계획이 틀어져 버렸다. 그렇다고 다시 버스를 탈 수도 없는 노릇이었다.

강윤은 서둘러 매표소로 달려갔다.

하지만 시간표를 보니 기차 시간도 한참이나 남아 있었다.

'하다 하다 이런 실수를…….'

할 수 없이 강윤은 기차표를 끊었다. 가장 빠른 기차는 2시간 넘게 기다려야 했다. 그는 긴 한숨을 쉬며 털레털레 기차역을 나왔다.

주변을 둘러보니 허허벌판이나 다름없었다. 역 근처에 자리한 작은 식당 몇 개를 제외하면 가게랄 것도 없었다. 전형적인 시골 역이었다.

"허허. 나 원……."

강윤은 기찬 한숨을 내쉬었다. 어딘지도 모르는 곳에서, 홀로 점심을 먹어야 했다. 점심은 서울에서 먹으려 했건만……. 틀어진 계획에 쓴웃음이 나올 뿐이었다.

강윤은 할 수 없이 근처 식당가로 향했다.

그때였다.

"아아~"

강윤의 귓가에 가느다란 미성이 들려왔다. 가늘지만 듣기 좋은, 맑은 목소리였다.

갑자기 들려온 소리에 강윤은 정신이 확 들었다.

'목소리 좋은데?'

강윤이 주변을 두리번거렸다. 광장 중앙 시계탑에 몇몇 사람들이 모여 있었다. 그곳에서, 하얀빛이 비치고 있었다.

'빛?'

미세했지만 분명 음악의 빛이었다. 강윤은 서둘러 그곳으로 향했다. 실력 있는 사람들이 노래하고 있는 게 분명했다. 강윤의 마음이 급해졌다.

"네가 있던 그 자리엔~ 차가운 바람만 남아~ 내 가슴은 이리도 시려와~"

강윤은 사람들을 헤치고 앞으로 나섰다. 그곳에는 한 남자와 여자가 앉아 노래하고 있었다.

비니모자로 긴 머리를 가린 여자는 추운 날씨가 아무렇지도 않은지 피크도 없이 기타를 연주해 나갔고, 남자는 마이크를 들고 노래를 하고 있었다.

'재훈이 노래잖아?'

익숙한 노래에 강윤의 눈이 이채를 띠었다. 김재훈이 월드엔터테인먼트로 들어오기 전의 노래 '그곳에서'였다. 남자들의 노래방 애창곡이자 여자들이 노래방에서 가장 듣기 싫어하는 곡 중 하나라는 이 곡을, 남자는 미성으로 소화하고 있었다.

"널 사랑한~ 내 가슴엔 넌 사라져~ 남은 그리움만~ 있기에~ 아파서~ 너무~~"

미성에 힘이 실리니 색달랐다. 모인 사람들도 즐거워했다. 하지만 스피커가 영 좋지 않은지 여자는 스피커의 볼륨을 계속 만지작거렸다. 남자의 성량이 좋아서 계속 지지직하는 소리가 섞여났기 때문이었다. 기타를 잠시 손에서 놓아야 했지만, 사람들은 그에 아랑곳하지 않고 공연을 즐겼다. 반주가 끊겨도 남자의 목소리가 사람들을 강하게 붙들고 있었다.

기타와 목소리에서 나오는 음표는 아름다운 하얀빛을 만들어냈다. 강한 빛은 아니었지만, 강윤은 감탄했다.

'좋은 소리다. 외모도 괜찮고. 저 정도면 훌륭해.'

강윤은 눈을 감았다.

저들이 더 많은 사람 앞에 선다면 어떨까? 여자의 반주에 맞춰, 점점 높아져 가는 남자의 노래. 노래하는 이, 듣는 이 모두가 좋아할 것 같았다.

'좋아.'

강윤은 주머니에서 명함을 만지작거렸다. 조금만 더 듣고, 이걸 보이기로 마음먹었다.

그렇게 한 곡이 끝났다.

"감사합니다."

"와아아아~"

남자의 인사와 함께, 사람들이 박수를 쳤다. 몇몇 사람들은 앞에 놓인 모자에 돈을 넣으며 멋진 공연에 답했다. 강윤도 돈을 넣으려 주머니에 손을 넣었다.

그때였다.

삑~ 삐익!

날 선 호루라기 소리와 함께 누군가가 달려왔다. 경찰이었다.

"거기. 신고도 하지 않고 여기서 공연하시면 안 됩니다."

두 명의 제복을 입은 경찰을 보고 남자와 여자는 빠르게 악기들을 챙기기 시작했다.

"뭐야?"

"에이씨, 저것들이 잡쳐놓네."

경찰들이 계속 호루라기를 불어대는 통에, 사람들은 투덜거리며 뿔뿔이 흩어졌다.

'어?'

공연이 갑자기 끝나버렸다. 강윤은 전혀 예상치 못한 돌발 상황에 잠시 당황했다.

경찰이 와서 빨리 악기들을 치우라며 재촉했고, 그들은 투덜대며 악기를 정리했다.

'나 원. 도무지 말할 분위기가 아니군.'

경찰이 호루라기 부는 이런 상황에서 스카우트 관련 이야기를 꺼내봐야 누가 듣겠는가? 아까부터 도무지 되는 일이 없었다. 강윤은 고개를 흔들며 한숨을 내쉬었다.

'휴우.'

그때, 강윤의 눈에 돈이 담긴 모자가 눈에 들어왔다.

'그래. 저기에 넣으면 되겠군.'

강윤은 조용히 모자 안에 자신의 명함을 만원과 함께 넣었다. 천원과 동전의 향연 속에서 세종대왕은 홀로 빛났다. 좋은 음악을 들려줘서 감사하다는 의미도 있었다.

'나중에 인연이 되면 보겠지.'

삑삑대는 호루라기 소리를 뒤로하고, 강윤은 광장을 떠났다.

소위 말하는 몸뻬, 작업복으로 갈아입은 모던파머 출연진들은 집 앞으로 집결했다. 몸뻬의 위용 앞에 빛나던 아이돌, 배우 등은 이미 없었다.

"큭큭. 미리 바지 봐. 완전."

"언니도 만만치 않거든요."

같은 걸드레스 멤버인 연지영과 미리는 서로가 더 안 어울린다며 티격태격했다.

다른 출연진들은 패션 테러를 일으킨 작업복에 어색한 걸음을 걷고 있었다. 물론, 입으로는 저마다 잘 어울린다는 말을 하고 있었지만…….

그런 그들의 눈앞에 시골의 문명, 경운기가 있었다.

"우와아……."

가장 먼저 나온 걸드레스의 멤버, 미리는 경운기가 신기했는지 눈을 빛냈다. 그녀뿐만이 아니었다. 뒤이어 같은 멤버 연지영부터 예리에 나엘까지 경운기가 생소한 여자 출연진들 모두 이곳저곳을 살폈다.

'저게 신기한가?'

연신 호기심 어린 탄성을 내는 또래 출연진들을 보며 이삼순은 고개를 갸웃했다. 그녀는 자연스럽게 뒷좌석에 몸을 실었다.

그 모습에 여자 출연진 중 가장 나이가 많은 강현미가 장난스럽게 말했다.

"제니는 경운기를 완전 자가용같이 타."

"완전완전."

다른 사람들도 킥킥대며 웃어댔다. 그 말에 이삼순은 오히려 당당하게 나왔다.

"어떤 차도 내겐 다 차와 같이 편안하지요."

"쟤 CF 노린다, CF."

"지금 전화주세요. 010……."

강현미는 상황극을 만들며 방송 분량을 만들어갔다. 그리고 그녀도 경운기에 몸을 실었다. 육중한 몸 탓에 이삼순이 그녀의 손을 잡아주었다.

곧 유일한 남자 출연진이면서 가장 나이가 많은 송학태가 집에서 나왔다. 그는 모두가 탑승했는지를 확인하곤 경운기의 운전석에 올라탔다.

그런데…….

'이거 어떻게 모는 거야?'

송학태는 운전석을 두리번거렸다. 시동을 걸어야 경운기든 뭐든 몰 것이 아닌가.

출연진에게 받은 열쇠도 없었다. 기어가 어디 있는지도 모르겠다. 스태프들을 돌아봤지만 모두 모르쇠였다. 송학태는 당황했다.

"어? 촌장님, 이거 가기는 가는 거예요?"

연지영이 걱정스럽게 물었지만, 송학태는 괜찮다며 손을 들었다.

"괜찮아! 기다려 봐."

송학태는 자신만만하게 답하며 계속 경운기와 씨름했지만, 마음과는 다르게 그것은 꿈적도 하지 않았다.

"거 참 이상하네. TV에서는 잘만 가드만. 여 PD, 우리한테 불량품 준 거 아냐?"

괜히 PD에게 심술도 부려봤지만, 결국 경운기에 시동은 걸리지 않았다.

신이 났던 여자 출연진들도 김샌 얼굴로 경운기에서 내려왔다.

"우리 걸어가요?"

"아, 자가용, 자가요옹."

윤슬기와 미리가 오버를 섞어가며 함께 경운기를 살폈지만, 도무지 시동이 걸릴 기미가 보이지 않았다.

"제가 마을 어르신 모셔 올게요."

나엘은 마을 어른을 모셔 온다며 몸을 돌렸다.

모두가 경운기라는 신문명을 탐색하던 그때, 이삼순이 나섰다.

"촌장님. 제가 한번 해볼까요?"

이삼순의 말에 모두가 무슨 말이냐는 표정으로 그녀를 어색하게 쳐다보았다.

"제니야. 잘못하면 다쳐."

송학태가 경운기 앞으로 나서는 이삼순을 보며 걱정스럽게 말했다. 그러나 그녀는 시동을 거는 'ㄱ'자 모양의 쇠, 소위 짜부리라 불리는 막대를 경운기에 끼운 후 세차게 돌렸다.

"어어?"

출연진들을 비롯해 스태프들까지 거침없는 이삼순의 모습에 눈이 휘둥그레졌다.

'쟤 알고 저러는 거야?'

'분량 욕심 엄청나네.'

특히 몇몇 출연진들은 한국에 오랜만에 돌아온 에디오스가 무리수를 쓴다며 눈살을 찌푸렸다.

아니나 다를까.

이삼순이 계속 시도했지만, 경운기의 시동이 걸리지 않았다.

"여 PD, 저거 이상 있는 거 아냐?"

송학태가 여운현 PD에게 날선 눈빛을 보냈다. 하지만 그는 아니라며 고개를 저었다.

"어제까지만 해도 잘 되던 겁니다."

"그런데 오늘은 왜 이래?"

송학태는 이삼순이 커다란 기계와 낑낑대는 모습이 보기 안 좋았는지 여운현 PD와 실랑이를 벌였다.

이삼순은 혼란한 주변 상황에도 경운기에서 눈을 떼지 않았다. 그녀는 경운기 옆에 매달려 있던 장갑까지 끼더니, 경운기의 엔진까지 열어 재꼈다.

"제니야! 그러다 고장 나면 어떡해?!"

연지영이 놀라 외쳤지만, 이미 집중력이 극에 달한 이삼순에겐 쇠귀에 경읽기였다. 다른 여자들도 눈이 휘둥그레져 난리가 났다.

"예열이 안 되네. 뜨거운 물 좀 주실래요?"

이삼순은 스태프들을 향해 외쳤다. 스태프들은 대충 이야기는 들었지만 이 정도일 줄은 몰랐는지 눈만 껌뻑였다. 에디오스의 제니는 온데간데없고, 손에 기름때를 묻히는 시골 소녀가 자리하고 있었다.

"재식아."

"네!"

여운현 PD가 AD에게 손짓했다. 자급자족을 모토로 하는 프로그램이었지만, 그도 모르게 이삼순의 기세에 눌린 것이다. 하늘같은 선배의 명령에 AD는 급히 주전자에서 끓이고 있던 뜨거운 물을 가져왔다.

"고마워요."

주전자를 받아 든 이삼순은 부동액이 들어가는 곳에 뜨거운 물을 부었다. 한 치의 망설임도 없는 그 손놀림에 모두가 기겁했다.

"제니야!"

"너 미쳤어?!"

"선배님!"

윤슬기부터 미리, 나엘까지 모두가 한목소리로 이삼순을 향해 외쳤다. 상식적으로 경운기 같은 기계에 물을 붓는 모습이 전혀 이해가 되질 않았다.

그러나 이삼순은 태연하게 뜨거운 물을 붓고, 다시 시동을 걸기 위해 섰다.

"겨울이라 시동이 잘 안 걸리는 거예요. 예열만 되면 잘 걸려요."

"뭐라고?"

이삼순이 차분히 이야기했지만, 송학태를 제외한 모두가 무슨 말인지 이해가 가질 않았다. 그렇다고 기계에 뜨거운 물을 붓는 건 설명이 안 됐다. 그녀에게 질문 세례가 쏟아졌지만, 이삼순은 잠시 기다리라고 말을 할 뿐, 일일이 답을 하지 않았다.

짧은 시간이었지만 여자 출연진들은 어른들을 모셔 와야 하네, 경운기 고장났네 하며 호들갑을 떨었다. 송학태도 괜히 경운기 하나 보내는 거 아닌가 하며 가슴을 졸였다.

그러나 5분 후.

이삼순은 다시 쇠막대를 잡더니 천천히 돌리다가 이내 거세게 돌렸다.

덜, 덜, 덜덜덜덜덜덜……

그 순간 경운기에서 그토록 듣고 싶어 하던 소리가 울려 퍼졌다. 시동소리였다.

"우와아아!"

시원한 엔진 소리에 출연진 모두가 환호성을 질렀다. 이삼순을 의심했던 시선은 온데간데없이 사라지고, 모두가 그녀에게 달려와 몸을 비볐다.

"제니, 완전 대단해! 짱짱!"

"언니! 사랑해요!"

윤슬기와 미리를 비롯해 모두가 이삼순의 위업을 찬양했다. 송학태는 헛기침을 하며 그녀를 의심했던 모습을 풀었다.

여운현 PD마저 감탄과 경악에 입을 쩌억 벌렸다.

'이건 대체 무슨 그림이야?!'

엄청난 횡재였다. 처음 제니를 써달라며 강윤이 찾아와 말할 때도 긴가민가했지만, 실제로 보니 그녀는 엄청난 캐릭터였다.

"출바알!"

"언니, 달려!"

어느새 운전석까지 꿰찬 이삼순은 모두를 싣고 논길을 거침없이 내달리기 시작했다.

'이 그림, 완전 최곤데?!'

지금 이 그림을 보여주면 시청자들이 어떤 반응을 보일까?

여운현 PD는 방송에서 보일 이삼순의 모습을 그려보았다. 이건 말하지 않아도 견적이 나왔다. 다른 말이 필요 없었다.

최고의 편집으로 모두에게 내놓겠다고, 그는 단단히 결심했다.

스튜디오에서 정민아는 강윤이 가져온 가이드 곡을 듣고 있었다.

"좋아요. 이거 제 스타일인데요?"

곡은 만족스러웠다. 정민아는 헤드셋을 벗으며 강윤을 향해 엄지손가락을 치켜들었다.

"마음에 들어?"

"네, 완전."

강윤은 그제야 안도의 한숨을 쉬었다.

"휴. 마음에 든다니 다행이다. 이번엔 좀 힘들었어."

"죄송해요. 그래도 느낌이 안 오던걸요."

"알아. 아무튼 이놈의 브라스는 진짜……. 그래도 마음에 든다니 됐어."

희윤에게서 곡을 받을 때, 정민아의 요구사항도 함께 들었다. 대부분 반영하며 편곡을 해서 들려주었지만, 정민아는 느낌이 오지 않는다며 고개를 저었다. 강윤은 구체적으로 어느 부분이 마음이 안 드는가를 물었지만, 정민아는 그것에 대해 정확하게 말을 하지 못했다. 그게 문제였다.

그녀의 스타일은 소위 'Feel'이었다. 연습생 시절, 춤을 비롯해 몸을 움직이는 일은 최고를 달렸지만 이론, 머리를 쓰는 일에는 영 재능이 없었다.

설명에 재주가 없는 그녀의 'Feel'이라는 것을 찾느라 강윤은 애를 먹었다.

"아저씨, 저 완전 놀랐음. 어쩜 편곡을 이렇게 잘하셨어요?"

"민아야. 우리 일하는 중이야."

"아, 죄송해요. 헤헤."

정민아는 혀를 쏙 내밀고는 다시 말했다.

"아무튼, 이 곡 최고예요, 최고. 저 이걸로 컴백하는 거죠?"

"정확히는 데뷔지. 솔로 데뷔."

"우와."

정민아의 눈은 기대의 빛으로 가득했다.

"아직은 아냐. 이제 안무를 짜 줄 사람을 구해야지."

"그냥 내가 만들어도 되는데……."

정민아는 안무를 직접 만드는 것에 대해 미련이 남았는지 아쉬움을 표했다. 그러나 강윤은 아직은 때가 아니라며 고개를 저었다.

"네 실력은 잘 알지만, 안무를 만드는 건 또 다른 문제야. 일단 안무가에게 배우면서 요령을 익히는 게 우선일 것 같아."

"알겠습니다. 아저씨가 하는 말이니 잘 들어야죠."

"민아야."

"네네네네네."

정민아는 마음에 안 드는지 투덜거렸다.

강윤은 그 모습에 엷게 웃으며 시계로 눈을 돌렸다.

"곧 오겠네."

"여기 누가 오나요?"

"안무가."

"네? 진짜요? 어떤 사람이에요?"

곡이 나오자마자 안무가까지 온다니. 정민아는 그 빠른 일 처리에 놀라움을 감추지 못했다.

놀라는 그녀에게 강윤은 안무가에 대해 설명했다.

"방산혁이라고 들어봤어?"

"잠깐, 잠깐만요. 방산혁이요? 거기 비보잉 크루 1위 팀 아니에요?"

정민아는 깜짝 놀라며 눈을 크게 떴다. 춤에 관심이 많은 그녀가 세계 1위의 비보잉 크루를 모를 리 없었다.

"알아?"

"당연하죠! 방산혁이라면 베틀몬스터 크루 리더잖아요. 아저씨, 그 사람도 아세요?"

"……민아야. 벌써 세 번째다."

"아, 알았어요, 알았어. 하여간 진짜 따질 건 엄청……."

"…….."

정민아는 투덜대다 강윤의 가라앉은 눈을 보곤 찔끔하며 눈을 피했다. 평소에는 격 없이 친절했지만, 지킬 건 딱딱 지켰다. 여기서 더 나가면 무시무시했다. 그녀는 한 걸음 물러났다.

"아, 아무튼 그 팀 3년? 4년? 아무튼 부동의 1위잖아요. 아, 맞다. 주아 언니랑 공연도 했었는데. 그거 아저……. 아니, 사장님이 한 거 맞죠?"

"맞아. 그때 알게 됐어."

"역시……."

정민아의 눈에 다시 한 번 놀라움이 어렸다. 콩깍지가 덧씌워지는 순간이었다.

그때, 연습실을 두드리는 소리가 들려왔다. 강윤과 정민아가 동시에 답하니 문이 열리며 이현지와 꽁지머리의 남자가 들어왔다.

꽁지머리의 남자, 방산혁은 강윤을 보며 오른손을 내밀었다.

"팀장님, 오랜만입니다. 잘 지내셨나요?"

"안녕하십니까?"

강윤은 몇 년 만에 재회한 방산혁과 악수를 하며 반가움을 나눴다.

이현지는 정민아에게 따끈한 커피를 내주며 자리를 권했다. 네 사람은 소파에 모여 앉았다.

정민아와도 간단하게 소개를 마친 후, 네 사람은 본격적으로 일에 대해 이야기하기 시작했다.

먼저 강윤이 말했다.

"전화로도 말씀드렸지만, 우리 민아의 솔로곡 안무를 부탁하고 싶습니다."

"흠……."

방산혁은 침음성을 냈다.

'우리…… 민아?'

강윤의 말에 정민아는 꺅꺅 소리라도 지르고 싶었다. 그러나 지금 이 자리는 중요한 자리. 그런 모습을 보일 수는 없었다.

이현지도 지원사격에 나섰다.

"오면서 말씀드렸지만, 방송댄스와 비보이 크루들이 하는 안무를 적절히 조화시킬 안무를 원합니다. 그걸 무리 없이 소화해 주실 분이 산혁 씨라 생각해서 의뢰를 했습니다."

"흠. 일단 곡부터 들어보고 싶군요."

방산혁의 요구에 강윤은 바로 곡을 재생했다.

곧 브라스 소리와 함께 정민아의 타이틀곡이 흘러나오기 시작했다. 가사도 녹음되지 않은 곡이었지만, 방산혁은 저도 모르게 어깨와 다리를 들썩이며 노래를 감상했다. 리듬을 타고 있는 것이다.

4분이 약간 되지 않는 곡을 모두 들은 방산혁은 차분하게 말을 꺼냈다.

"곡은 무척 좋네요. 느낌 있어요. 파워풀한 안무가 어울리는 노래 같습니다."

강약이 적절히 조화되며, 몸이 리듬을 자연스럽게 탈 수 있는 곡이었다. 춤을 추기에 곡은 정말 좋다고 생각했다.

하지만 그는 정민아에게 눈을 돌리며 걱정스럽게 말했다.

"하지만 제가 안무를 짠다면, 여자보다는 오히려 남자에게 어울리는 안무를 짜게 될 것 같습니다. 그렇게 되면 저기 민아 씨가 소화를 할 수 있을지……. 조금 걱정되네요."

솔직한 발언에 정민아는 순간 발끈했다. 결국, 내 안무는 네가 소화하기 힘들 거라는 말 아닌가?

그녀가 욱해서 방산혁에게 쏘아붙이기 전에 강윤이 그녀의 손을 꽉 잡았다.

정민아가 강윤 쪽으로 시선을 돌렸을 때, 그는 부드러운 어조로 답했다.

"그렇습니까? 만약 주아라면 안무를 소화할 수 있을까요?"

같이 공연을 했던 주아를 기준으로 한다면 예시로 들기 쉬웠다. 주아라는 확실한 기준이 주어지자 방산혁은 바로 답했다.

"주아라면…… 무난하게 소화할 수 있을 겁니다. 그 정도 힘이 있다면 무리가 없죠. 사실, 이 곡을 들었을 때 주아를 생각했거든요."

그 말을 듣고 강윤은 강한 어조로 말했다.

"여기 민아를 주아라 생각해 주시고 만들어 주시면 됩

니다. 그 정도 실력은 되는 녀석이니까요."

"네?"

강윤의 그 발언에 정민아와 방산혁이 동시에 눈이 왕방울만 해졌다. 정민아는 특히 놀랐는지 입까지 크게 벌리며 어버버 소리를 냈다.

"잠깐, 잠깐만요. 팀장님이 허튼소리를 하지 않으시는 분이라는 건 잘 압니다만……. 흠. 여기 민아 씨가 진짜 비보잉 안무까지 소화할 수 있다, 이 말인가요?"

"네."

"크흠……."

너무도 확연한 답에 방산혁은 헛기침을 했다.

정민아는 확실히 미인이었다.

주아는 작은 키에도 여성미와 힘을 동시에 갖춘 묘한 매력이 있었다. 반면 정민아는 큰 키에 볼륨이 뚜렷한 관능적인 몸매를 하고 있었다. 그녀의 매력을 살리자면 오히려 섹시미를 강조한 방송댄스를 주로 춰오지 않았을까 싶었다. 그런데 난데없이 주아와 비교하다니…….

방산혁이 정민아에 대해 확신을 갖지 못하자, 강윤은 차분한 어조로 계속 설득했다.

"주아를 생각하며 안무를 구성해 주십시오. 그 안무, 민아가 소화하지 못해도 상관없습니다."

"네?"

소화를 하지 못해도 상관없다니. 방산혁은 어이가 없었다. 그러나 강윤은 자신 있는 표정으로 말을 이어갔다.

"주아가 하는 걸 민아가 못할 리 없습니다. 그냥 소신껏 생각대로 안무를 만들어 주시면 됩니다."

"……."

"아저씨……."

주아와 자신을 비교하다니. 정민아의 눈에 지진이 났다. 강윤이 이렇게까지 자신을 믿고 있는지 몰랐다. 그녀는 저도 모르게 주먹을 꽉 쥐었다.

절대, 그를 실망시키지 않아야겠다. 그녀는 마음을 굳게 먹었다.

잠시 생각에 잠겼던 방산혁이 입을 열렸다.

"휴우. 알겠습니다. 생각할수록 팀장님이 무서운 분이라는 걸 알겠습니다."

"무섭다니요?"

"사람 욕심을 이렇게 자극하니 말입니다. 저도 그렇고, 여기 민아 씨도 그렇고……. 아무튼 알겠습니다. 앞으로 민아 씨를 주아라 생각하며 최고의 안무를 만들어 드리죠. 제 이름을 걸고 절대 후회하지 않게 해드리겠습니다."

"잘 부탁합니다."

강윤은 방산혁과 굳은 악수를 나누었다.

"아저씨."

방산혁과 이현지가 돌아가고, 스튜디오에는 두 사람만 남았다. 자신을 부르는 소리에 강윤은 정민아에게로 눈을 돌렸다.

"민아야. 너 또⋯⋯."

"저요, 정말로 열심히 할게요."

강윤이 여긴 회사라며 한마디 하려 할 때, 그녀의 말이 먼저 나갔다.

굳은 결심을 보여주려는지, 정민아의 눈빛은 강하게 빛나고 있었다.

'원래 열심히 하는 애니까.'

강윤은 그녀의 어깨를 툭툭 두드려 주었다.

"그래. 잘 해봐."

"믿어주셔서 감사합니다."

정민아는 강윤에게 깊이 고개를 숙였다.

그는 언제나 한결같았다. 이런 믿음에 반드시 부응하겠다고, 그녀는 강하게 마음먹었다.

♩ ♪ ♩ ♪ ♩ ♪♪ ♩ ♪

"다녀왔습니다."

강윤은 현관문을 열며 집 안으로 들어섰다.

"아무도 없나?"

평소라면 희윤이 나와 맞아줄 테지만, 오늘은 이상하게 인기척이 없었다. 강윤은 의아해하며 김재훈의 방으로 향했다. 그런데…….

"정말로 미안! 내일은 민아랑 안무가 만나야 해서……."

"후으……."

희윤과 레이나가 쓰는 방 안에서, 영어로 대화하는 목소리가 들려왔다.

"내일은 시간 된다며?"

"정말 미안해. 거기 안무가가 내일밖에 시간이 안 된데."

"또야? 우으……."

레이나의 목소리에서 아쉬움이 묻어났다. 희윤도 미안함이 가득한 어조로 말을 이었다.

"이번만 이해해 주라. 조만간 꼭 시간 낼 테니까."

"……알았어. 마음 넓은 내가 이해해야지."

"고마워. 금방 시간 낼 테니까……."

강윤은 대화를 더 들을 수 없었다. 생각해 보니 희윤은 혼자 한국에 온 게 아니었다.

'내가 너무 무심했구나.'

강윤은 아차 싶었다. 레이나, 희윤의 친구가 있었다. 사적인 일이라지만, 동생이 개인사도 없이 친구와 거리가 멀어지는 모습은 보고 싶지 않았다.

그렇다고 당장 안무가와 작곡가가 만나는 것을 취소시킬 수도 없었다.

'이거 어렵네.'

방으로 들어가며 강윤은 진한 한숨을 내쉬었다.

다음 날.

"다녀오겠습니다."

희윤은 아침 일찍 회사로 출근했다. 회사에서 몇 가지 물건을 챙긴 후, 방산혁과 만날 생각이었다.

강윤은 평소와 다르게 일찍 출근하지 않았다. 그와 레이나는 희윤이 미리 차려놓은 식탁에 앉아 함께 아침식사를 했다.

"레이나. 서울 구경은 잘 하고 있어?"

"네? 네. 뭐…….."

강윤의 물음에 레이나는 잠시 뜸을 들였다. 그러나 이내 혼자 하는 여행이 맞지 않다며 고개를 저었다.

그러자 강윤은 편안한 어조로 제안했다.

"시간 괜찮으면 오늘은 나랑 같이 나갈까?"

"네? 진짜요?"

듣던 중 반가운 말이었다.

레이나의 눈이 빛났다.

꿩 대신 닭이라는 게 이런 걸까?

원했던 희윤은 없었지만, 강윤과 함께 서울투어에 나서는 것도 레이나에겐 또 다른 즐거움을 안겨 주었다.

과거, 조선시대의 왕궁인 경복궁 앞에서 레이나는 설렘 가득한 모습으로 주변을 둘러보았다.

"희윤이하고 여기 오자고 약속했었거든요. 그런데 오빠랑 왔네. 히히."

레이나의 얼굴에는 웃음꽃이 피었다. 지나가는 사람들마다 웃음꽃이 만개한 그녀의 얼굴이 보기 좋았는지 손을 흔들어주었다. 레이나도 그들에게 손을 흔들며 답했다.

강윤과 표를 끊고 안으로 들어가니 전통 수문장 복장에, 철릭을 입은 남자들이 거대한 문을 지키고 있었다.

"수염! 하하하하하!"

레이나는 그들을 보며 크게 웃었다. 길게 늘어뜨린 수염이 재미있었는지 그녀는 웃음을 참지 못했다. 강윤은 그녀의 활기찬 반응에 어색하게 웃으며 그들에 대해 설명했다.

"레…… 레이나. 한국의 옛날 사람들은 수염이나 머리를 부모님이 주신 거라고 여겨 함부로 자르지 않았어. 그래서 저렇게 긴 거야."

"오. 그래요? 우와아. 멋있네요. 이거 함부로 웃을 게 아니네요."

새로운 문화가 재미있었는지 그녀는 여기저기를 보며 눈

을 빛냈다.

그러다가 레이나는 푸른 철릭을 입은 남자에게 다가갔다. 철릭을 입은 남자는 밝은 표정이 매력적인 백인 여성이 다가오자 웃으며 손을 흔들어주었다.

"No disrespect to you, but can you take a picture with me?(실례합니다. 저와 함께 사진 한 장 찍어도 괜찮을까요?)"

철릭의 남자는 'picture'라는 말을 알아듣고는 쾌히 승낙했다. 그는 레이나에게서 카메라를 받아들려 했다. 그때, 강윤이 나섰다.

"레이나가 그쪽하고 함께 사진을 찍길 원하네요."

"아아. 알겠습니다."

철릭의 남자는 잠시 멈칫하다 레이나와 함께 포즈를 취했다.

강윤은 레이나에게서 카메라를 받아 들곤, 3장의 사진을 찍어주었다.

"Thanks. Have a nice day."

철릭의 남자를 뒤로 하고, 레이나와 강윤은 경복궁 투어를 계속했다.

가이드의 안내를 받으며 설명을 들었고, 안내판을 보며 경복궁의 여기저기를 돌다보니 시간은 금방 지나 버렸다.

두 사람이 경복궁을 나설 즈음, 해는 서서히 저물고 있었다.

"오늘 최고였어요. 한국의 궁전은 이렇게 복잡하네요. 더 알고 싶어져요. 다음에 또 와요."

"시간이 된다면."

레이나는 진심으로 즐거웠는지 얼굴에서 웃음이 떠나지 않았다. 그 웃음에 강윤은 미안함이 조금 가셨다.

"차나 한 잔 하고 갈까?"

"차? 좋아요!"

강윤의 제안에 레이나는 환하게 웃었다.

두 사람은 천천히 거리를 걸었다. 얼마 지나지 않아 은은한 조명이 비치는 카페들이 눈에 들어왔다.

"와우."

예스러운 벽과 그곳을 비치는 가로등, 그리고 골목마다 자리한 카페들은 은은한 아름다움을 만들어냈다. 그 특유의 분위기에 레이나의 입가에 다시 미소가 걸렸다.

"서울에 이런 데가 있었어요? 이런 곳은 미국에서도 찾기 힘든데……."

"마음에 들어?"

"네. 이런 곳 완전 좋아요."

거리를 걷다가, 강윤은 그녀와 함께 유명한 카페 중 한 곳으로 들어갔다. 그곳은 와플로 유명한 카페였다.

다행히 손님이 많지 않아 주문을 하고 얼마 지나지 않아 와플과 커피를 받을 수 있었다.

"……와플이 산만 하네."

커다란 와플 위에 화려하게 수놓아진 토핑의 모습은 레이나의 입을 크게 벌려 놓았다. 거기에 아메리카노와의 조화가 더해지니 더할 나위 없이 행복했다.

"아아. 완전 최고최고최고! 강윤 오빠, 완전 최고!"

희윤에게 가지고 있던 서운함마저 풀리는 순간이었다.

강윤은 레이나의 행복한 미소를 보며 그제야 안도의 한숨을 쉬었다.

모던파머 출연진들이 촬영과 숙박을 동시에 하는 장소는 다름 아닌 폐가였다. 수리를 하긴 했지만 폐가는 폐가였다. 게다가 산골의 바람은 가히 위력적이었다. 거기에 밤의 냉기까지 더해지면 이건 삼중고였다.

"으으으……. 추워어어어어……."

윤슬기는 밤에 들이치는 외풍에 온몸을 떨어댔다.

'으으으…….'

티는 내지 않았지만, 윤슬기의 옆에서 잠을 청하던 나엘도 마찬가지였다. 문틈과 창문 사이로 조금씩 세어 들어오는 외풍과 한기는 방 안에서 잠을 청하는 모두를 떨게 만들었다. 결국, 모두가 누워있지만 잠들지 못하는 밤이 계속되고 있었다.

그때, 이삼순이 이불을 박차고 일어났다.

"······비닐 있나요?"

도저히 안 되겠다고 판단한 그녀는 불을 켜고는 비닐을 찾아 나섰다. 곧 그녀는 나엘이 구해온 커다란 비닐로 창문과 문을 틀어막고 테이프를 붙였다. 그러자 문을 막은 비닐이 크게 부풀더니 이내 방안 공기가 따스해졌다. 외풍이 사그라진 것이다.

"제니 쟤는 생긴 건 화초 같은데 완전 생계돌이네, 생계돌이야."

강현미의 말에 모두가 웃으며 공감했다. 순수한 감탄이었다. 그녀는 문득 이미 한물간 에디오스에 저런 멤버가 있다는 게 안타깝다는 생각이 들었다. 성격도 좋고, 싹싹하니 방송도 잘하는데 그저 안쓰러울 따름이었다.

그렇게 추위와의 전쟁 속에 밤이 지나갔다.

닭 우는 소리와 함께 아침이 시작되었다.

추위와 한바탕 씨름을 한 탓에 오래 자지 못했지만, 이삼순은 누구보다도 일찍 눈을 떴다. 그녀는 세수를 하고 바로 부엌으로 향했다.

"후아암······."

두 번째로 일어난 강현미는 눈을 비비곤 세수를 하기 위해 마당으로 나섰다.

신발을 신는데, 부엌에서 탁탁 도마와 칼이 부딪치는 소리가 들려왔다. 소위 말하는 엄마의 소리였다. 그녀는 바로 부엌문을 열었다.

"제니야?"

"언니, 일어나셨어요?"

강현미는 부엌에 펼쳐진 광경을 보고 입이 떡 벌어졌다. 이삼순이 앞치마를 하곤 익숙한 칼질로 파를 썰어내고 있었다.

그녀는 바로 이삼순의 옆에 섰다.

"이열, 우리 제니 요리 완전 잘하나 봐?"

"제가요, 할머니한테 요리를 배웠었거든요. 요리하는 게 재밌기도 하고요."

"그래애? 이거 1등 신붓감이네!"

"언니도, 참……."

이삼순은 아니라며 몸을 웅크렸지만 기분이 좋았다.

강현미는 이삼순 옆에서 아침식사 준비를 도왔다. 이삼순은 콩나물국을 끓이며 간을 보았고, 참기름과 김 등을 곁들여 주먹밥을 했다.

아침이 밝아와 방에 햇빛이 들자, 모든 출연진들이 눈을 떴다. 이내 방 안은 분주해졌다.

"어어?"

"……저 언니 완전 짱인 듯."

윤슬기와 예리는 칫솔을 들고 마당으로 나서다 문이 열려 있는 부엌을 보고는 멍하니 입을 벌렸다.

"……허허. 이거 며느리 삼고 싶어지네."

송학태도 참한 이삼순을 보며 눈빛이 그윽해졌다.

이윽고, 강현미와 이삼순은 상에 콩나물국과 주먹밥, 어제 마을에서 얻어 온 김치를 올려 방 안으로 들였다. 촬영 와서 직접 조리해 먹는, 첫 아침식사였다.

송학태는 콩나물국을 처음 맛보곤 엄지손가락을 번쩍 들었다.

"어머니의 맛이다! 최고야!"

먹는 사람의 칭찬은 요리사를 춤추게 했다. 예능인지라 이삼순은 가벼운 댄스로 기쁨을 드러냈다.

다른 출연자들도 국을 입에 가져갔다. 맛이 기가 막혔다. 적당한 간에 콩나물의 조화는 아침식사로 최고였다. 거기에 담백한 주먹밥이 속을 든든하게 해주니…….

"완전 대박. 이건 엄마의 맛이야."

"언니언니. 이거 어떻게 끓였어요?"

"우앙."

윤슬기와 예리, 나엘을 비롯해 출연진 모두가 콩나물국과 주먹밥의 조화에 감탄을 금치 못했다.

"PD님. 한 그릇 드실래요?"

이삼순은 연출진에게도 한 그릇 권하는 센스를 발휘했다. 출연자들보다 먼저 일어나 지금까지 굶으며 일하고 있을 게 분명했다. 그녀의 배려에 대표로 남자 AD 한 명이 이삼순에 게서 국을 받아들었다.

AD는 조심스레 수저를 들더니 입가에 진한 미소를 지 었다.

"최고예요, 최고!"

"감사해요."

이삼순의 콩나물국은 그렇게 모던파머의 첫 아침을 강타했다.

정민아의 디지털 싱글 'Hot Smile' 녹음이 끝났다. 그와 함 께 방산혁에게 곡이 전달되었고, 얼마 지나지 않아 본격적인 안무 연습이 시작되었다.

루나스의 연습실에서, 방산혁과 정민아는 구슬땀을 흘리 고 있었다.

"무게 중심을 하체로 기울여. 히프 쪽으로. 그래야 동작들 을 이어가는데 유리해."

방산혁은 천천히 동작을 반복했다.

초반의 안무는 자신의 크루, 베틀몬스터의 풋워크 스킬과 방송댄스를 조합했다. 조금은 각이 진 풋워크에 정민아의 선 을 더하니 강한 여성미가 물씬 풍기는 안무가 만들어졌다.

어려운 동작이었음에도, 정민아는 방산혁의 동작을 두 번 정도 보더니 이내 금방 따라했다.

"……다음."

방산혁은 덤덤한 척 했지만, 속으로는 무척 놀랐다.

이 스텝은 박자가 헷갈려서 크루 식구들도 익히는데 애를 먹었었다. 그런데 정민아는 능숙하게 익혀버렸으니…….

반주가 끝나는 동작, 엘보우를 넣은 안무까지도 정민아는 능숙하게 해냈다. 바닥에 손을 짚고 몸을 비스듬히 일으키는 어려운 동작을 잘도 해내니, 방산혁은 혀를 내둘렀다.

'허……. 진짜 잘하네.'

충분히 소화할 거라는 강윤이 말이 거짓이 아니었다.

이어지는 동작들에서도 정민아는 그가 가르쳐주는 동작을 무리 없이 소화했다. 두세 번 가르쳐 주면 바로바로 자신의 것처럼 익혀 버리니, 가르쳐 주는 입장에서 무척 즐거웠다. 마치 춤의 신동 같은 느낌이었다.

주아가 강렬한 힘으로 좌중을 압도한다면, 정민아는 주아보다 조금 더 유려한 라인으로 모두를 사로잡았다.

'……진짜 강윤이라는 사람이 보는 눈이 좋긴 좋구나.'

이 정도면 주아와 비교해도 손색이 없었다.

스펀지 물 빨아들이듯, 가르침을 흡수하는 정민아에게 방산혁은 기준 이상의 것들을 밀어 넣었다.

7화

내가 얘랑?! 말도 안……

하늘이 어둑해지고, 꽤 많은 시간이 지났다.

사무실에서 강윤은 이현지, 정혜진과 함께 팬카페에 대한 활용 방안을 의논하고 있었다.

저녁 시간도 훌쩍 넘긴 시간이었다. 그때 한 통의 전화가 걸려왔다.

'누구지?'

강윤은 흔들리는 핸드폰을 들었다. 방산혁의 전화였다. 지금쯤이면 연습이 끝났으리라 생각한 강윤은 통화 버튼을 눌렀다.

"여보세요?"

─팀장님. 저, 방산혁입니다.

들려오는 목소리는 매우 밝았다. 강윤도 밝게 답했다. 방산혁은 밝은 목소리로 연습 결과를 이야기했다.

─민아 실력이 보통이 아닙니다. 엘보우같이 근력이 필요한 안무도 무리 없이 소화했고, 스텝에 턴까지……. 팀장님이 주아라고 생각하라는 이유를 확실히 알았습니다. 멋진 친구네요.

정민아라면 당연히 그런 말을 들을 줄 알았다. 예상했던 결과에 강윤의 입가에 진한 미소가 걸렸다

"다행입니다. 혹시 민아가 버릇없게 굴진 않았습니까?"

─아주 예의도 바르고, 싹싹한 친구더군요. 옛날에 주아도 참 착했는데……. 그때 생각이 났습니다. 팀장님 밑에 있는 가수들은 하나같이 착하고 예쁘네요. 비결이 뭔지 묻고 싶을 정도였습니다.

"하하하."

이후, 방산혁과 강윤은 앞으로의 일정과 안무 등 일에 대해 여러 이야기를 나누었다. 방산혁이 '정민아가 생각보다 안무를 잘 따라와서 자신의 욕심을 더 반영하고 싶다'고 말하자 강윤은 대중성과 난이도를 모두 고려해 균형 있게 안무를 만들어 달라 부탁했다.

─걱정 마십시오. 모두를 기절시킬 정도의 안무를 만들어 보일 테니까요.

"당연히 믿습니다. 노파심에서 드리는 말입니다."

훈훈한 분위기 속에 강윤은 방산혁과의 통화를 마쳤다.

통화가 끝나자 옆에 있던 이현지가 말을 걸어왔다.

"방 단장인가요?"

"네. 민아가 오늘 연습 너무 잘해서 만족했다는군요."

강윤은 안무에 더 욕심을 내기 시작한 방산혁에 대해 이야기했다. 정민아의 실력에 놀라 더 화려한 안무를 짤 것 같다고 하자 이현지도 눈을 빛냈다.

"좋은 일이네요. 하지만 그런 사람들이 너무 욕심내면 산으로 갈 수도 있는데……."

비보잉 위주로 쏠리다 보면 대중들의 바람과 동떨어진 안무가 나올 수도 있었다. 정민아가 보여야 할 안무는 비보잉 안무를 맛깔나게 섞여야 하는 게 요점이었다.

강윤도 이현지의 말에 고개를 끄덕였다.

"이사님 말이 맞습니다. 그래서 밸런스를 맞춰 달라고 부탁을 했습니다. 이사님 말대로 의욕이 넘쳐서 산으로 가면 곤란하니까요."

"역시 행동이 빠르네요. 하긴, 사장님은 그런 감각 하난 누구보다도 나으니까 걱정할 것도 없었네요. 우린 하던 이야기나 계속하죠."

이현지는 다시 컴퓨터로 눈을 돌렸다. 모니터에는 에디오스의 팬카페, 아리에스의 메인 화면이 펼쳐져 있었다.

정혜진은 그곳의 관리자 계정으로 로그인한 상태였다. 그녀는 관리자 계정으로 이곳저곳을 클릭하더니 한주연의 동

영상으로 들어갔다. 크리스마스 때 이준열과 함께 루나스에서 듀엣 공연을 했던 그 영상이었다.

영상을 보며 정혜진이 보고했다.

"아리에스에 올라온 영상만 조회수로 8백만에 육박합니다. 덕분에 팬카페에 방문자 수도 엄청나게 늘었죠.

"……그때 듀엣이 대단하긴 대단했네."

정혜진의 보고에 이현지는 혀를 내둘렀다. 크리스마스가 지났고, 그로부터 3개월이라는 시간이 흘렀다. 돌이켜 봐도 엄청난 조회수였다. 지금도 간간이 문의가 올 만큼 한주연과 이준열의 듀엣은 대단했다.

세계 최대의 웹 동영상 전문 사이트 '튠'에서도 한주연의 듀엣 관련 동영상의 인기는 대단했다. 모든 영상의 조회수를 합치면 2천만은 가볍게 넘어갈 정도였다. 에디오스는 죽었어도 한주연은 살아 있다는 말이 생겨날 정도였다.

강윤은 정혜진의 보고를 모두 듣고는 차분히 답했다.

"좋은 결과를 냈습니다. 크리스마스 공연 이후, 주연이 사기도 많이 올랐고, 에디오스 전체 분위기도 할 수 있다는 쪽으로 쏠리기 시작했죠."

"사장님. 이렇게 된 바에야 주연이 스케줄도 더 잡아보는 건 어떨까요? 탄력 받았을 때 움직이는 게 좋을 것 같은데……."

이현지의 제안에 강윤이 고개를 가볍게 흔들었다.

"그랬으면 좋았겠죠. 하지만 그때의 성공은 이준열과 한주연이 함께 듀엣을 했었기에 가능했던 것입니다. 솔로라면 이야기가 다르죠. 아무리 가수 세디와 우리가 좋은 관계를 맺고 있다지만, 듀엣으로 앨범을 낸다는 건 또 다른 문제입니다. 잘못하면 에디오스의 주연은 사라지고 듀엣 가수 한주연이 남을 가능성이 있을 수도 있는 문제니까요."

"하긴. 세디하고 콜라보가 쎄긴 쎘어요."

"강렬했죠. 어차피 나중에 또 하게 될 겁니다. 두 사람이 통하는 맛을 알았으니 못 막습니다."

강윤의 확신에 이현지는 이해한다며 고개를 끄덕였다.

"하긴. 필 꽂힌 가수는 하늘이 무너져도 못 막는 법이니까요. 우리가 무슨 수로 막겠어요."

"적절한 비유네요."

"휴우. 결국 또 투자를 해야 한다는 거군요. 에디오스가 커져야 한주연도 다른 유닛으로 움직일 수 있을 테니……."

이현지가 작게 한숨을 짓자 강윤도 고개를 절레절레 흔들었다. 맞는 말이라는 뜻이었다.

최근 강윤은 한주연에게 유명 트레이너들을 초빙해 붙여 주었다. 한주연은 혼자서도 할 수 있다 했지만, 강윤은 스승에게 배우는 것이 낫다며 그녀를 설득했다.

가르침을 받은 이후, 한주연의 실력은 점점 늘어갔다.

한주연에 대해 이야기를 끝내자, 정민아 솔로 앨범에 대한 홍보 전략 수립에 들어갔다. 그것은 오늘, 그들을 늦은 시간까지 남게 한 주범이기도 했다.

정혜진은 팬클럽 이곳저곳을 돌아다니며 정민아에 대한 의견들을 보여주었다.

　　－민아예비신랑 : 우리 민아 언제 나옴?

　　－정민아바라기 : 한주연도 나오는데. 왜 민아는 안 나오는 겨? 부들부들

　　－연참만만세 : Zzzzz…….

　　－오늘만사는남자 : 미나보구시푸…….ㅠㅠ

팬클럽에 올라온 글에서는 정민아를 보고 싶어 하는 팬들의 바람이 가득했다.

한주연의 영상이 나오고, 이삼순의 예능 출연, 모던파머의 예고가 나간 이후라 정민아에 대한 바람은 더했다.

이현지가 말했다.

"오늘부터 홍보 시작할게요."

"알겠습니다. SNS에도 자연스럽게 소문이 나야 하니 잘 부탁드립니다."

"네. 최대한 자연~ 스럽게."

강윤은 이현지의 답에 만족하며 홍보에 필요한 서류들을 넘겨주었다.

그렇게 그날 밤 12시.

에디오스의 리더, 민아의 디지털 싱글에 대한 정보가 팬클럽에 올라갔다. 그리고 SNS를 타고 삽시간에 퍼져 나갔다.

"금요일인데도 볼만한 건 하나도 없네."

이효진은 채널을 돌리며 투덜거렸다. 불타는 금요일이 돌아왔지만 오늘따라 약속도 없었다. 그녀가 지금 할 수 있는 건 TV와 노는 일이었다.

그러나 TV도 오늘따라 즐겁게 놀아주지 않았다. 그래서 그녀는 TV가 즐거운 것을 보여줄 때까지 리모컨으로 괴롭혀 댔다.

'어? 이건 뭐야?'

이효진의 채널을 돌리던 손놀림이 OTS 채널에서 멈췄다. 모던파머라는, 새로 시작한 프로그램이 시작되며 나오는 젊은 출연진들이 그녀의 눈을 단번에 사로잡았다.

"엄마, 이거나 볼까?"

이효진은 소파에 누워있는 어머니에게 물었다. 어머니는 귀찮다는 듯, 손을 내저으며 알아서 하라는 제스처를 취했다.

광고가 끝나고, 방송이 시작했다.

"뭐야, 이건?"

출연진들은 대부분 여자였다. 그녀들은 내리자마자 핸드폰도 반납하곤, 폐가에 들어가 몸뻬 바지로 갈아입어야 했다. 그게 우스꽝스러운 자막과 함께 나가니 웃음이 터져 나왔다.

"뭐야……?"

그러나 까다로운 이효진에겐 그리 웃긴 장면이 아니었다. 농촌에서 아무것도 모르는 아이돌들이 생고생하는 내용이었다. 사서 고생하는 모습을 그리 좋아하지 않는 그녀로서는 거북한 방송이었다.

'딴 데 봐야지.'

이효진은 이내 리모컨을 들었다. 하지만 특별히 생각나는 방송이 없었다.

그녀가 채널을 돌리기 위해 리모컨을 든 그때, TV에 경운기가 등장했다. 여자 출연진들은 몸뻬 바지를 입고 춤을 추며 기쁨을 표했고, 가장 연장자인 송학태는 곧 끙끙대며 경운기에 시동을 걸기 시작했다.

한참 실랑이를 했지만, 경운기는 아무 반응이 없었다.

"제가 한번 해볼게요."

제니가 나서더니, 뜨거운 물을 망설임 없이 부었다. 그것을 보고 오히려 주변에서 난리가 났다. 엔진에 그런 물을 부으면 어떻게 하나부터, 이거 물어내야 하는 거 아니냐며 걱정하는 사람도 있었다.

하지만 제니는 눈 하나 깜빡하지 않고 자신의 일에 몰입했다.

그녀가 막대기를 세차게 돌린 이후였다.

경운기가 덜덜덜 굉음을 내며 힘차게 흔들리기 시작했다.

"허허……! 쟤 뭐야? 완전, 완전 대박! 에디오스 제니 아냐?!"

에디오스라면 미국에서 완전히 실패했고, 재계약도 다른 곳이랑 했다는 이야기를 제외하곤 아무런 소식을 들은 적이 없는, 소위 고인이 된 아이돌, '고인돌'이었다.

제니는 온실 속에서 곱게 자란 도시 처자 같은 얼굴로, 경운기를 운전하는 포스까지 드러냈다. 너무도 익숙하게 운전을 하는 손길에 출연진들은 '언니, 달려!'를 외쳐댔다. 연장자까지 인정하게 만드는 모습에 이효진은 묘한 감정이 들었다.

"이거 재밌는데?"

그때부터였다. 이효진은 채널 옆의 소리 버튼을 키우며 몰입감을 키워갔다.

어느새, 그녀 뒤에 있던 어머니마저 소파에서 일어나 눈을 동그랗게 뜨곤 온 신경을 TV에 집중했다.

모던파머에 출연한 출연진 모두 각자의 매력이 있었다. 큰 덩치의 방송인 강현미부터 최고 연장자지만 시골에서는 살아본 적이 단 한 번도 없는 송학태, 최근 잘나간다는 아이돌 그룹 걸드레스의 멤버들 미리와 지영 등……

신인과 인지도 있는 스타의 조화가 잘 이루어져 있었다.

그중 백미는 제니였다.

"……저 애는 시골에서 살았었니? 무슨 손길이 저리 익숙하데?"

"……몰라."

이효진과 그녀의 어머니는 제니의 외풍 대처와 아침 밥상 차리기를 보며 눈을 껌뻑였다. 도무지 에디오스라는 세련된 가수의 이미지와는 전혀 매칭이 되지 않았다. 쇼크였다.

"제니는 무슨, 삼순이야 삼순이!"

"푸하하하하!"

완벽한 시골 소녀가 되버린 이삼순의 매력에 이효진과 어머니는 내내 빠져나오지 못했다.

모던파머 첫 방송이 끝난 이후, 자정.

포털 사이트 실시간 검색어 순위.

1. 제니 경운기

2. 제니 모던파머

3. 제니 삼순이

4. 제니 본명

5. 일연참

모던파머는 동 시간대 최고의 시청률을 기록하며 예능계의 블루칩으로 떠올랐다.

그중 최고의 캐릭터, 제니는 단연 화제의 중심이 되었다.

강윤은 희윤을 배웅하기 위해 인천공항에 와 있었다.

예정대로라면 지금쯤 희윤은 이미 미국에 있어야 했다. 그러나 그녀는 오빠 일을 도와야 한다며 한국에 더 오랜 시간을 머물렀다. 자신 때문에 개강 출석도 잊어버린 동생에게 강윤은 미안함을 감추지 못했다.

"고생만 시키다 보내는구나."

"에이. 우리 사이에 그런 말이 어디 있어?"

희윤은 오빠의 손을 꼭 잡았다.

"한국 와서 회사 사람들도 만났고, 곡도 마음껏 써봤어. 아주 즐거웠어. 졸업하면, 제대로 작곡 활동을 해보고 싶어졌어. 오빠랑 뮤즈라는 이름으로 활동하면 아주 재미있을 것 같아."

"1년 남았구나. 알았어. 열심히 공부하고 와."

"알았어. 그럼 밥 굶지 말고."

"오빠 걱정은 안 해도 괜찮아. 희윤이도 건강하고."

강윤은 희윤의 머리를 매만졌다. 그녀는 그 손길이 좋았는지 부드럽게 웃었다.

"오빠. 레이나가 할 말 있는데."

"레이나가?"

레이나가 강윤에게로 다가오자 희윤은 두 사람에게 조금 멀어졌다. 두 사람이 마음껏 이야기를 나누라는 배려였다.

"여러 가지로 감사했어요."

"감사하긴. 처음으로 한국에 왔는데 해준 게 너무 없네. 미안해."

"아니에요. 자신감도 심어줬고, 관광도…… 감사합니다."

레이나는 몹시 바쁜데도 자신에게 시간을 내준 강윤에게 고마움을 느꼈다. 게다가 지금까지 뮤지컬 배우로서의 가능성을 인정해준 이는 그가 처음이었다. 덕분에 자신감이 확실히 붙었다. 이번에 돌아가면 정식으로 브로드웨이에 도전해볼 생각이었다.

"희윤이하고 친하게 지내줘."

"알았어요. 그럼 나중에 봐요."

"조심해서 가."

강윤은 손을 흔들었다. 레이나도 짐을 들었다. 그때, 그녀는 뭔가가 떠올랐는지 다시 입을 열었다.

"만약, 제가 정말 크게 성공하면 여기에 투자할게요."

강윤은 눈을 껌뻑였다. 뜬금없는 말이었지만 무시하지 않고 답했다.

"미국에 좋은 회사들 많을 텐데, 왜 여기에 투자해."

"느낌이 좋아서요. 사람들도 좋아 보이고, 무엇보다……
사장님이 최고랄까?"

"어이고. 감사합니다."

"하하하하!"

레이나는 유쾌한 웃음을 터뜨리곤 다시 가방을 들었다. 그
리고는 진지한 표정으로 말했다.

"투자하겠다는 말, 농담 아니에요. 진짜로 제가 능력이 생
기면 여기에 투자를 하고 싶어요."

"시간이 지날수록 우리 회사는 비싸질 거야. 만만치 않
을걸?"

"제 돈도 많아질 테니 상관없어요."

"하하하."

강윤도 그녀의 유쾌한 발언에 크게 웃었다.

대화가 끝나자, 희윤이 다시 다가왔다.

"오빠, 그럼 나 이제 갈게."

"도착하면 꼭 전화하고."

"응."

희윤은 강윤과 가볍게 포옹하고는 이내 안으로 사라졌다.
레이나도 그 뒤를 따랐다.

두 사람을 배웅한 강윤은 이현지가 빌려준 차를 운전해 다
시 사무실로 돌아왔다.

그런데 이현지도, 정혜진도 없는 사무실을 다른 누군가가 차지하고 있었다.

"여어, 이강윤 씨! 오랜만?!"

"너…… 연주아?"

"히힛. 안녀엉?"

활기찬 미소를 지으며, 비니모자를 눌러쓴 주아가 강윤에게 씨익 미소 짓고 있었다.

"어쩐 일이야?"

강윤의 덤덤한 반응에 주아의 해맑은 표정이 살짝 일그러졌다.

"쳇. 무슨 반응이 그래? 반갑지도 않아?"

"얼마 전에 봤잖아. 뭘 어떻게 반응하라고."

"아, 매정해. 우리가 겨우 이런 사이였어? 현지 언니한테 다 이른다?"

이현지까지 끌어들였지만, 강윤은 눈 하나 깜짝하지 않았다. 그 반응에 재미없다며 주아는 연신 투덜거렸다.

강윤은 주아에게 커피와 다과를 가져다주었다. 그러자 주아는 다시 신이 나 즐거워했다.

"땡큐. 오올. 커피 향 좋은데?"

"손님 접대용이야. 나중에 채워놔."

"에이, 우리 사이에 매정하게."

"우리가 무슨 사이인데?"

"……하여간. 자꾸 이러면 나 삐진다?"

강윤과 주아는 농담을 주고받으며 여러 이야기를 나누었다.

주아는 일본 활동을 마치고 휴식기에 들어갔다 했다. 명실상부 일본에서 가장 잘나가는 한류 스타로 자리매김한 주아답게 스케줄이 정신없이 밀려왔다. 게다가 평소보다 1개월을 더 길게 활동하는 바람에 그녀의 피로감은 극에 달했다.

"1주나 2주라면 이해를 하겠지만, 1달은 기네."

"그치? 하여간, 이놈의 회사는 나밖에 인물이 없나? 요즘 자꾸 끈적끈적해지는 것 같아."

주아는 회사가 마음에 안 든다며 연신 투덜거렸다.

'1개월이나 활동 기간을 늘렸다라. 이미지 소비도 고려해야 할 텐데?'

강윤은 의아했다. 이미지 소비를 MG에서 고려하지 않을 리 없었다. 적당한 활동 기간에 치고 빠져야 다음을 기약할 수 있다. 그런데 주아 같은 스타를……

"왜 그래? 갑자기 말도 없이?"

주아는 강윤의 표정이 갑작스레 심각해지자 입술을 삐죽였다. 강윤도 아차 싶어 표정을 바꿨다.

"아냐. 생각할 게 있어서."

"하여간, 저 심각병 진짜. 그나저나 희윤이는 어디 갔어? 한국 왔다며?"

강윤은 오늘자 비행기로 미국으로 돌아갔다는 이야기를 했다. 주아는 손바닥을 쳤다.

"아, 좀만 더 일찍 왔어야 하는 건데."

"그러게. 아깝다."

"……할 수 없지. 오늘은 오빠한테 빌붙어야지."

"야."

말은 그렇게 했지만 자신을 찾아온 손님에게 함부로 대할 수는 없는 노릇이었다.

강윤은 주아와 함께 루나스 근처에 있는 순대 전문점으로 향했다.

가는 길에 강윤은 월드엔터테인먼트의 공연장, 루나스에 대해 이야기했다. 소속사 전용 공연장이 있다는 게 신기했는지, 그녀는 연신 눈을 빛냈다.

"회사에 매주 공연하는 밴드가 있어서. 겸사겸사 마련했지."

"너무 투자를 많이 하는 거 아냐?"

"그만큼 나중에 벌어다 주지 않겠어?"

강윤의 태평한 말에 주아는 어이가 없었는지 입을 쩌억 벌렸다.

"……현지 언니 고생길이 훤히 보인다."

주아는 말은 그렇게 했지만 강윤과 함께하는 가수들이 무척 행복할 거라는 생각이 들었다. 결국 마음껏 노래를 할 수 있게 해준다는 것 아닌가? 강윤은 태평하게 이야기했지만 분명 여러 가지 장애들이 있을 것이고, 그걸 하나하나 넘어가고 있을 것이다. 지금까지 여러 고비를 넘겨온 주아는 그걸 짐작할 수 있었다.

곧 두 사람은 순대 전문점에 도착했다. 평소 월드엔터테인먼트 사람들이 자주 찾는 집이라 주인아주머니도 편안하게 맞아주곤 했다. 그런데 오늘은 많이 달랐다.

"주…… 주아?!"

강윤은 평소와 판이하게 다른 주인아주머니의 반응에 어깨를 으쓱였다. 하긴, 주아라면 모르는 이가 드물었다. 게다가 이미지도 좋았다.

주아는 주인아주머니와 함께 사진을 찍고, 사인도 해주었다.

"오빠, 여기 맛있다."

주아는 푸짐한 순대 세트와 국물을 맛보곤 입이 좌우로 주욱 찢어졌다.

"블로그에 나오는 맛집이거든."

"오, 그래? 역시. 오늘부터 여기 내 리스트에 올려야겠어."

주아는 맛있는 음식을 맛봐 기분이 좋은지 미소를 지었다. 강윤도 천천히 순대를 입에 넣었다.

그렇게 식사를 하고 있는데 문이 열리며 두 남녀가 들어왔다.

"어서 오세요. 아, 민아야."

"안녕하세요?"

언제나 기운에 차 있는 정민아와 그녀와 한창 연습을 하고 있는 방산혁이었다.

"오늘 사장님도 와 있는데?"

"아저씨가요?"

주인아주머니의 말에 정민아는 두리번거렸다. 그러다 주아와 함께 식사를 하고 있는 강윤을 발견했다.

"아저씨!"

강윤은 갑작스레 들려온 익숙한 목소리에 고개를 들었다. 입구를 보니, 정민아와 방산혁이 자신을 향해 다가오고 있었다.

"어? 민아야."

"아저씨! 식사하러…… 선배님?!"

정민아는 강윤을 발견하고 반갑게 다가오다가, 그와 마주 앉은 주아를 발견하곤 눈이 휘둥그레졌다.

"안녕? 오랜만이야."

"안녕하세요."

정민아는 기합이 바짝 들었다. 주아는 회사에서도 무척 어려운 선배였다. 소속은 바뀌었지만, 몸에 남아 있던 버릇은 아직도 주아를 상기시켰다.

주아는 정민아의 굳어 있는 모습에 손을 내저었다.

"그렇게 굳어 있지 않아도 돼. 식사하러 온 거야?"

"……네? 네. 선배님은 무슨……."

"나? 월드에 놀러왔다가 오빠랑 밥 한 끼 하러. 어라? 산혁 오빠!"

주아는 정민아의 뒤에 다가오는 방산혁을 발견하곤 자리에서 벌떡 일어났다.

"주아야! 오랜만이야!"

"오빠도! 이야! 잘 지냈어요?!"

주아는 방산혁과 손을 맞잡고는 진한 반가움을 표했다. 비보잉 공연을 한 이후, 간간이 연락도 하며 조언을 받기도 했다.

네 사람은 결국 합석하고, 정민아와 주아의 이야기로 이야기 꽃을 피웠다.

"……호오. 그럼 민아는 솔로로?"

"네. 조만간 나올 거예요."

주아는 정민아의 솔로 앨범 소식에 강윤을 보며 눈을 빛냈다.

"민아 완전 좋겠네. 오빠랑 작업하면 마음이 편안해지는데."

"맞아요. 아저씨하고 일하면 마음이 편안해지는 뭔가가 있어요."

"아는구나?"

선후배는 강윤을 앞에 두고, 춤에 대해 여러 가지 대화를 나누었다. 특히 이번 정민아의 춤이 비보잉이 가미된 것을 알고 주아는 크게 흥미를 느꼈다. 먼저 경험을 해본 그녀는 정민아와 이야기가 통했는지 금세 대화에 물꼬를 텄다.

　강윤은 방산혁에게로 눈을 돌렸다.

　"오늘은 일찍 시작하셨네요?"

　"민아가 진도가 무척 빠릅니다. 이미 안무는 모두 외웠습니다. 오늘 빡세게 연습하자고 민아가 요청했죠. 덕분에 끌려나왔습니다."

　"하하, 괜히 미안해지네요."

　강윤의 멋쩍은 말에, 방산혁은 고개를 저었다.

　"아닙니다. 이런 열정은 오랜만에 봐서 기분이 좋습니다. 팀장님이 데리고 있는 가수들은 대부분 에너지가 넘치는 것 같아 아주 좋습니다."

　"좋게 생각해 주시니 감사합니다. 점심은 제가 살 테니, 마음껏 드십시오."

　"호오. 호의 감사하게 받겠습니다."

　방산혁은 사양하지 않았다. 강윤은 순대 세트에 보쌈까지 얹어 주문했다. 물론, 몸 관리를 해야 하는 정민아를 위해 특별히 주인아주머니에게 살코기 부위를 따로 달라는 특별한 요청도 했다. 돈을 더 들여야 했지만 이 정도 투자는 기본이었다.

이런 배려를 보며, 주아는 가볍게 고개를 흔들었다.

"여전하네, 오빠는. 민아는 좋겠네."

얼마 있지 않아 식사가 나왔다.

점심치고는 꽤 호화로운 식사였다. 네 사람은 푸짐한 식사와 함께 연습과 활동 이야기로 꽃을 피우며 즐거운 시간을 보냈다.

식사가 끝나고, 네 사람은 자리에서 일어났다. 강윤은 카드를 들고 카운터로 향했고 정민아가 그의 뒤를 따랐다.

주아와 방산혁은 먼저 가게를 나섰다.

"우리 주아, 일본에서 춤은 많이 늘어서 왔는가?"

방산혁의 장난스러운 말에 연주아는 당연하다는 듯 답했다.

"후후. 당연하죠. 누가 날 따라오겠어요?"

"그렇지 그렇지. 이렇게 답해야 연주아지. 그런데 말이야. 요즘 애들 무섭게 쫓아온다?"

도발이었다. 주아는 입가에 진한 미소를 지으며 실눈을 떴다.

"왜요? 재미있는 애라도 있어요?"

"저기, 민아."

그 말에 주아는 당연하다는 표정으로 이야기했다.

"쟤 원래 춤 하나는 죽여주는 애였어요. 처음 연습생 선발됐을 때도 춤으로 뽑았거든요. 노래가 안 돼서 그렇지. 난 또 무슨 말이라고…….”

모르는 이야기라도 하나 했는데, 이미 아는 이야기였다. 정민아는 금세 흥미를 잃고 다른 곳으로 시선을 돌렸다.

그런데, 방산혁은 입가에 진득한 웃음을 머금었다.

“어쩐지. 처음에 팀장님이 민아를 주아라 생각하고 연습하라고 했을 때 난 안 믿었었거든. 그런데 연습해 보니까…….”

“잠깐. 누가 뭘 어째요?”

자신의 이름이 나오자 주아의 눈이 휙 돌아왔다. 방산혁은 갑자기 날 선 시선을 마주하자 찔끔했다.

“그, 그게 말야…….”

“다시 말해봐요. 강윤 오빠가 뭘 어째요?”

그녀의 기세는 사나웠다. 결국 그 기세에 밀려 방산혁은 강윤이 했던 이야기를 그대로 전하고 말았다.

‘허? 이 사람 보게?’

강윤의 눈이 좋다는 건 당연히 잘 알았다. 그런데, 누가 자신과 비교되어 인정을 받는다? 그것도 강윤이?! 그가 그렇게 말했다는 건, 그만큼 근거가 있다는 이야기였다.

타이밍 좋게도 그때 강윤과 정민아가 나오고 있었다.

“잘 먹었습니다.”

정민아는 강윤에게 예의바르게 고개를 숙였다. 강윤은 괜찮다며 손을 흔들었다.

"다시 연습하러 가지?"

"네. 이제 가봐야죠."

"수고하……."

강윤이 그들을 보내려고 할 때, 주아가 끼어들었다.

"오빠. 나, 민아 연습하는 거 봐도 될까?"

"에? 공연장 보고 싶다며?"

난데없는 말에 강윤은 당혹스러웠다. 갑자기 연습을 보러 가겠다니.

그러나 주아의 제멋대로인 성격을 잘 아는 강윤은 곧 수긍하곤 정민아에게 눈을 돌렸다.

"민아야, 괜찮을까?"

"네? 아, 네……."

주아가 눈웃음을 짓고 자신을 지긋이 바라보자, 정민아는 승낙을 하지 않을 수 없었다. 그만큼 선배의 눈빛은 무시무시했다.

그렇게 네 사람은 루나스로 향했다.

루나스의 허름한 외양에 주아는 '이게 뭐지?'라며 실망할 뻔했지만 이내 내부의 깔끔한 시설을 접하자 바로 감탄사를 연발했다.

그러나 그건 잠시였다.

주아는 정민아를 앞세워 바로 4층 연습실로 향했다.

"여기가 연습실이구나."

주아는 거울이 붙어 있는 방 여기저기를 둘러보았다. 특별할 건 없는 평범한 댄스 연습실이었다. 공연장 4층에 연습실이 있다는 게 특이할 뿐, 다른 건 없었다.

정민아는 선배가 와 있다는 것에 주눅 들지 않고 스트레칭을 하며 몸을 풀었다. 어깨와 다리를 풀어나가는 그때, 앉아있던 주아가 일어나며 강윤에게 물었다.

"오빠. 나도 민아랑 같이 해봐도 돼?"

"신곡 안무를 익혀보겠다는 거야?"

주아가 고개를 끄덕였다. 강윤은 의아한 생각이 들었다. 그녀가 신곡 안무를 유출한다는 등의 걱정은 없다지만, 이유가 궁금했다.

'왜 저러지? 민아한테 자극이라도 받았나?'

주아가 이유 없이 저런 행동을 할 리가 없었다. 정민아가 솔로로 나온다니, 보고 싶어서 저러는 것일 수도 있었다.

이유가 어찌 되었든, 서로에게 나쁠 건 없다는 생각이 들었다.

'민아에게 자극이 되겠지.'

강윤은 흔쾌히 승낙했다. 주아는 곧 탈의실로 달려가 사이즈가 비슷한 이삼순의 옷으로 갈아입었다. 그리고 정민아의 옆에 섰다.

"시작해 볼까?"

방산혁은 음악을 재생했다. 화려한 시작을 장식하는 브라스 소리와 함께 정민아의 랩이 연습실을 메우기 시작했다.

-Ah ah ah ah ah Come on~ Come on Ah ah ah ah ah Come on do it

정민아는 한쪽 무릎을 꿇고 앉았다. 그리고 고개를 숙이며 리듬을 타며 몸을 흔들었다. 비보잉의 콤비네이션을 연상케 하는 스텝을 밟아가며 가볍게 웨이브를 탔다. 그녀의 가는 허리가 물결을 치며 아름다운 선을 만들어갔다.

주아도 그녀 옆에서 가볍게 스텝을 밟아나가며 정민아를 그대로 따라했다. 처음 시도하는 안무였지만, 비슷하게 따라하는 건 어렵지 않았다.

처음 시도에서 비슷하게 따라하더니, 두 번, 세 번째 시도부터는 곧 근접한 수준까지 따라왔다.

여기서부터 문제였다.

정민아의 눈에서도 불꽃이 튀기 시작했다.

-서두르지 마 언제까지나 기다릴게~

초반의 포인트 안무가 나오는 부분이었다. 정민아는 스텝을 밟아가다 팔꿈치를 바닥에 대며 몸을 거꾸로 일으키곤, 다리를 사선으로 뻗었다. 비보잉의 파워무브, 엘보우였다.

'어쭈?'

주아도 불이 붙었다. 엘보우는 해보지 않았지만 후배가 하는데 자신이라고 못할 게 없었다. 이미 상당한 근력이 있는 그녀였다. 바로 팔꿈치를 바닥에 대고 몸을 일으켰다. 오히려 그녀는 하늘로 다리를 한 번 뻗고는, 몸을 앞으로 일으키는 기행까지 선보였다.

'얘들, 장난 아닌데?'

방산혁은 진심으로 놀랐다. 비걸들도 오랜 연습을 거쳐 소화하는 파워무브를 정민아나 주아는 멋들어지게 선보이니 혀를 내두를 만했다.

두 사람 다 평소 트레이닝으로 근력을 키워 나가며 몸을 만든 노력이 빛을 발하고 있었다.

초반을 넘어 중반에 이르니 골반을 주로 쓰는 안무들이 많았다. 정민아는 부드럽게 웨이브를 타며 아름다운 선을 만들어갔다.

주아는 반면 힘이 있었다. 같은 웨이브였지만 느낌이 달랐다.

두 사람은 다른 느낌으로 자신을 봐달라며 어필하고 있었다.

'……이거 기대 이상인데?'

강윤도 놀랐다. 주아도 비보잉 안무를 익힌 적이 있었다. 적절히 그 안무를 활용하는 능력이 오늘도 유감없이 발휘되고 있었다.

정민아도 연습을 열심히 했는지 주아에게 전혀 밀리는 느낌이 없었다.

다만, 경험은 무시할 수 없는지 춤을 추며 보이는 표정으로 어필하는 모습은 주아가 훨씬 우위에 있었다. 타고난 몸의 선으로 어필하는 모습은 정민아가 우세했다.

－이 밤을 지나 날아오르는 그날을 바라며 Can Fly

허리에 손을 얹으며 돌아보며 눈빛을 쏘아 보내는 것으로 안무는 끝을 맺었다.

"휴우."

2시간째.

서로 대화도 하지 않고, 긴 안무 연습을 소화한 두 사람은 어느새 땀으로 범벅을 하고 있었다. 몸에 김이 나고 있는 건 말할 것도 없었다.

"……민아 너 대단하다."

긴 한숨을 몰아쉬며, 주아가 한마디 했다.

"감사합니다, 선배님."

"선배는 무슨, 언니라 불러."

"……네, 언니."

주아는 정민아의 어깨에 팔을 얹고 함께 강윤에게로 향했다.

"……쳇. 하여간, 인정하지 않을 수가 없잖아. 얜 언제 실력이 이렇게 는 거야?"

"미국에서도 쉬지 않고 매일같이 연습했다니까. 왜? 겁나?"

강윤의 도발적인 말에 주아는 안색을 구겼다.

"뭐라는 거야. 내가 그럴 리가 없잖아?"

"그런 것 같은데?"

"뭐라?!"

주아는 강윤에게 달려들었다. 그러나 강윤은 웃으며 피했다.

잠시 투닥거림이 지나가고, 주아가 조금은 진지한 어조로 말했다.

"나 가을부터 일본 전국 투어 하는데 그때 민아 게스트로 초대하면 안 돼?"

"매번은 무리지."

"설마 내가 그렇게 눈치도 없겠냐. 도쿄 돔에서 할 때 말야. 그때 게스트는 정말 공인된 사람을 불러야 한단 말이야. 민아 정도면 딱 좋을 것 같은데."

도쿄 돔 콘서트라면 강윤이 거절할 이유가 없었다. 아니, 이건 엄청난 기회였다. 하지만 걸리는 게 있었다.

"회사에서 뭐라고 안하겠어?"

"흥. 내가 이겨. 진서같이 막나가지는 않더라도, 그 정도 힘은 있다고."

주아는 자신만 믿으라며 엄지손가락으로 스스로를 가리켰다.

정민아는 난데없이 굴러들어 온 엄청난 기회에 놀라 멍하니 눈을 껌뻑였다. 하지만 그때 일은 그때 가서 생각하자며 크게 고려하지 않았다.

'잘되어 가고 있어.'

이제는 어색함이 사라져 가는 주아와 정민아를 보며, 강윤은 흐뭇한 미소를 지었다.

to be continued

우지호 장편소설

빅 라이프

돈도 없고 인기도 없는 무명작가 하재건,
필사적으로 글을 써도
절망뿐인 인생에 빛은 보이지 않는데…….

어느 날,
그가 베푼 작은 선의가
누구도 믿지 못할 기적이 되어 찾아왔다!

'글을 쓰겠다고 처음 결심했던 때를
잊지 말게.'

무명작가의 인생 대반전!
지금 시작됩니다.

포텐
POTENTIAL

어떤 사물에는 그것을 오랜 기간 사용한
사람의 잠재된 능력이 고스란히 담긴다.
그리고 난 그것을 사용할 수 있다.

천재 디자이너, 죽은 이도 살리는 명의,
감성을 울리는 피아니스트, 바람기 가득한 첩보원.
그 누구라도 될 수 있다. 단, 애장품만 있다면!

달인의 눈으로 세상을 바라보는,
유쾌한 민호의 더 유쾌한 애장품 여행기!

내 안에 몬스터 있다

형상준 현대 판타지 장편소설

태양의 흑점 폭발과 함께 새로운 시대가 찾아왔다!

마나와 능력자, 그리고 몬스터가 존재하는 현대.
그리고 그곳을 살아가는 마나석 가공 판매업자 김호철.
평소처럼 마나석을 탄 꿀물을 마시던 그는
번개에 맞고 신비로운 힘을 각성하게 되는데…….

'내 안에서 몬스터가…… 나왔다?'

그것도 김호철이 먹은 마나석의 개수만큼 많이.